TRIUNFAR O MORIR EN MARRAKECH

IAN PARSON

Traducido por

SANTIAGO MACHAIN

Publicado en 2021 por Next Chapter

Arte de la portada por CoverMint

Textura de la contratapa por David M. Schrader, utilizada bajo licencia de Shutterstock.com

Edición de Letra Grande en Tapa dura

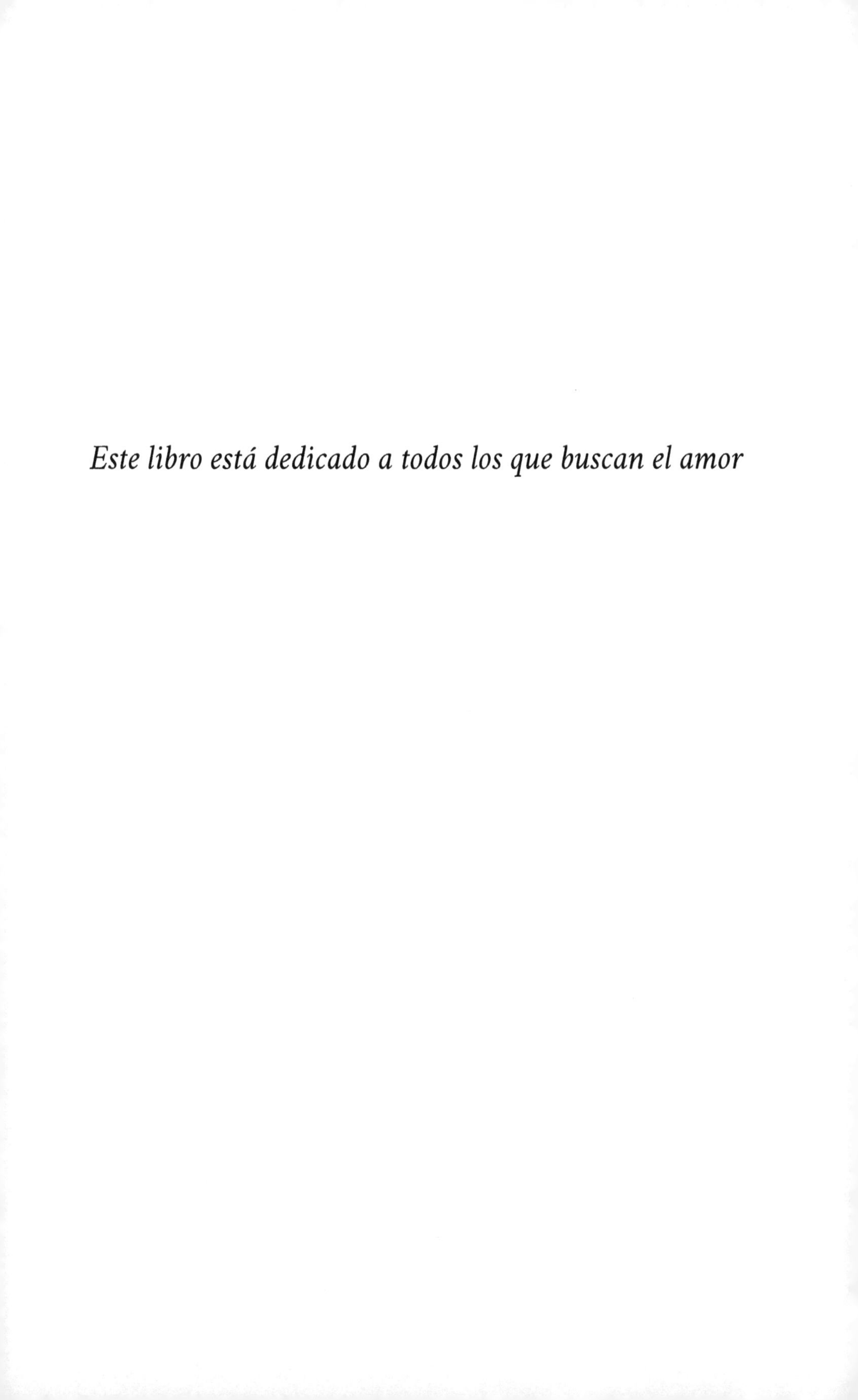

Este libro está dedicado a todos los que buscan el amor

CAPÍTULO UNO

Justin Tondidori tenía treinta y nueve años, un poco de sobrepeso, la línea del cabello estaba retrocediendo y su misión era lograr estar en una relación antes de que estos problemas empeoraran. Antes de llegar a la mediana edad.

Era lo suficientemente superficial como para creer que si querías tener alguna posibilidad de encontrar una novia, tenías que cumplir ciertas expectativas, así que interpretaba el papel que creía que las mujeres buscaban en un hombre, en lugar de ser él mismo.

Pensaba que la frase «sé tú mismo» era una trampa.

La mayoría de los días vestía igual que cuando tenía quince años, con ese estilo *grunge* que Kurt Cobain hizo popular en los noventa. Peor que vestirse como un chico, seguía soñando como tal. Soñaba con ser amado.

Era todo lo que quería en el mundo.

Sabía que sus padres le querían y probablemente también su hermana. Ese no era el amor que él anhelaba. Eran su familia. No tenían otra opción.

Quería el otro tipo de amor. El incondicional, el que lo abarca todo, el que te deja sin aliento. Como en las películas.

Justin había visto *Love Story,* y quería eso.

Habían pasado muchos años, y seguía esperando que algún día ocurriera. Hasta ahora, nadie le había gustado lo suficiente como para experimentar echar de menos a la persona cuando no estaba cerca. Tampoco sabía lo que se sentía anteponer los intereses de otra persona a los suyos, sin un motivo ulterior.

Al ser un romántico infantil, pensó que esto no era justo, lo hacía sentir excluido. Como si le faltara algo, un ingrediente clave sin el cual su vida adulta no podía comenzar correctamente.

Casi había llegado a la tierna edad de cuarenta años, y todavía ese estado de felicidad le seguía siendo esquivo. Algunos dirían que era lo suficientemente mayor como para saberlo. Que ya era hora de dejar de lado los sueños infantiles.

Pero, la idea de lo que debía ser el verdadero

amor, lo que debía sentirse, de lo que se estaba perdiendo, siempre le había dolido en su interior. Si renunciaba a eso, ¿qué sentido tenía todo lo demás?

A lo largo de los años, Justin había tenido muchas amantes y había visto mucha pornografía. Consideraba estas cosas como parte de un régimen de entrenamiento, que lo preparaba para el gran acontecimiento. En consecuencia, había aprendido algo sobre la expresión física del amor.

Por desgracia, no se había dado cuenta de que eso no era suficiente. Que también necesitaba ponerse en contacto con sus sentimientos, con sus emociones.

Esta era una zona en la que no mostraba madurez. Su crecimiento emocional estaba atrofiado. No era mejor que un escolar despistado, buscando sin rumbo el sueño imposible del amor.

Después de cada nuevo fracaso, se lamía las heridas y se decía a sí mismo: «*Simplemente no era la adecuada*» o «*Lo intenté, lo intenté de verdad*».

Hacerse la víctima anulaba cualquier necesidad de examinar si él podría ser, de alguna manera, parte de la culpa de la última relación fallida.

Sin el necesario examen de conciencia, podía convencerse realmente de que se esforzaba al máximo. La forma en que su cerebro daba volteretas para llegar a esas conclusiones habría sido adorable si las consecuencias no fueran tan trágicas.

Una gran parte del problema de Justin es que piensa que en la escala de las citas, él es un siete y medio por lo menos, probablemente un ocho.

Podría decirse que hubo un breve momento en el que alcanzó el ocho. Pero eso fue hace años. Ahora, casi con cuarenta años, sus mejores días han quedado atrás. Es un seis y medio, en el mejor de los casos.

A pesar de eso, en su mente, es un ocho, siempre lo fue y siempre lo será.

Y como es razonable que cualquiera aspire a lo más alto, como un ocho, podría aspirar de forma realista a un grado más arriba. Alguien que tuviera un nueve.

Trudy es sin duda un nueve, sino es que hasta un diez.

CAPÍTULO DOS

Trudy Andrews era una belleza absoluta. Tenía una larga, ondulada y espesa cabellera rubia que le caía hasta la mitad de la espalda. Rara vez llevaba mucho maquillaje, pero su piel era radiante e impecable. Su figura podría adornar cualquier pasarela, y su rostro pertenecía a la portada de *Vogue*.

Tenía una personalidad confiada que, por desgracia, la llevó a casarse con su novio de la infancia. La relación que ella esperaba que durara hasta que la muerte los separara, no había pasado de los cuatro años.

La realidad había pegado con fuerza. Las infinitas posibilidades de la juventud se desvanecieron rápidamente cuando Trudy se convirtió en madre soltera. Ahora su autoconfianza era casi inexistente.

Durante años había evitado a los hombres, dedicando todas sus energías a sus hijos. En esos momentos de tranquilidad, se decía a sí misma que llevaba una vida plena. Era mentira. Trudy se sentía sola. Estaba lista para volver al juego, sólo necesitaba un empujón.

Una noche estaba sentada en su bar de vinos local con su mejor amiga Lucy Daniels.

Las chicas presentaban sorprendentes similitudes en el sentido de que ambas eran preciosas y tenían un corazón bondadoso; era en su vida privada donde abundaban las diferencias.

Lucy tenía mucha confianza en sí misma. Había jugado bien, había tenido muchas citas antes de establecerse con un arquitecto que la quería, la respetaba y la mantenía. El matrimonio era sólido.

Trudy levantó la vista cuando entró un apuesto desconocido.

Lucy sonrió.

"¿De qué te ríes?", Trudy exigió saber.

"Lo he visto".

"Eh", respondió Trudy, fingiendo ignorancia. "¿Ver qué?".

Lucy volvió a sonreír. Eran amigas desde que tenían cinco años; conocía a Trudy al dedillo. No había necesidad de palabras.

Trudy suspiró. No engañaba a nadie y menos a la chica que la conocía mejor que nadie.

"¿Quién me querría con dos niños a cuestas?", preguntó.

"Eres hermosa", insistió Lucy. "Podrías tener a cualquier hombre de este lugar".

Trudy volvió a mirar al desconocido.

"Estaría bien conocer a alguien que no fuera un completo cabrón", admitió.

"Sí", Lucy estuvo de acuerdo. "Definitivamente ahí estaba".

"¿Un hombre digno de amor?", detalló Trudy.

"Te mereces a alguien especial".

"¿Crees que esa criatura existe?", preguntó Trudy con dudas.

"¡Por supuesto!", opinó Lucy, con un optimismo que prácticamente le salía por todos los poros. Ella lo creía, ¿por qué no iba a hacerlo? Lo estaba viviendo.

Trudy consideró la posibilidad. Le parecía poco probable.

"Ya no hacen hombres como tu Seamus", decidió.

"¡No estoy de acuerdo!" dijo su amiga. "Sólo tienes que bajar tus expectativas".

Las dos soltaron una risita.

CAPÍTULO TRES

El fin de semana siguiente, el destino unió a Justin y Trudy. Ocurrió en Camden Town, en una recaudación de fondos para los refugiados sirios.

Trudy estaba allí, porque asistía religiosamente a este tipo de eventos, se preocupaba profundamente por los menos afortunados que ella y quería marcar la diferencia.

Justin estaba allí, porque estaba cerca de su casa y estaba a la caza de una nueva novia.

No llevaba mucho tiempo ahí, antes de que sus ojos se posaran en ella. Era inevitable que lo hicieran. Por mucho, era la chica más bonita del lugar.

"Esta es", se dijo a sí mismo, pensando erróneamente que lo que sentía al mirarla sólo

podía describirse como amor. Se acercó a esta visión en vestido rojo.

"La gente vive en las aceras de Hackney", le oyó decir. "Es repugnante lo que tienen que soportar en uno de los países más ricos del mundo".

"Mira esa pasión". Justin estaba fascinado. *"La forma en que sus fosas nasales se abren cuando enfatiza un punto. La forma en que mueve esa brillante cola de caballo".*

Era fascinante. Era impresionante. Se acercó aún más. Se acercó tanto que Trudy interrumpió su monólogo y se volvió para mirar al intruso.

Sus ojos se encontraron.

Sonrió como un escolar travieso.

"Está lleno de confianza", pensó Trudy. *"Tal vez, demasiado".*

Justin ignoró a la gente que se agolpaba a su alrededor.

"Hola, soy Justin", dijo.

"Trudy", respondió ella y permitió que le estrechara la mano.

Le invitó una bebida y la alejó casualmente del grupo con el que estaba. Le preguntó sobre ella. Hizo un excelente trabajo fingiendo interés. Y aunque no reveló mucho de su naturaleza personal, puntualizó con gran detalle sobre lo que debería hacerse para resolver la difícil situación de los sin techo.

"Me encanta su voz sexy", decidió.

Justin tenía muy poco que añadir a la conversación para no demostrar inmediatamente que no tenía ni idea de lo que estaba hablando, pero quería desesperadamente impresionarla. Así que cuando llegó la lata de la colecta, donó generosamente, esperando que ella se diera cuenta.

"¡Cielos, cien libras! Eso sí que ayudará". Trudy le sonrió.

Su pequeño plan estaba funcionando.

"Bueno, creo que es importante que hagamos lo que podamos", mintió.

Añadió un encogimiento de hombros y una media sonrisa que debía transmitir una profunda simpatía por sus semejantes.

"¿Sabes lo que quiero decir?", lo decía como si la injusticia con el prójimo, la injusticia con los menos afortunados, le doliera profundamente.

"Sí", ella estuvo de acuerdo.

Justin estaba seguro de que esa inclinación de cabeza realmente decía: "¿Dónde has estado toda mi vida?".

Tomaron unas cuantas bebidas más y puso mucha atención. Cuando se esperaba que hablara, se conformaba con decirle a Trudy lo interesante que era, lo informada que estaba y, hacia el final de la noche, lo sexy que era.

Antes de irse, Trudy le dio su número.

CAPÍTULO CUATRO

Unas noches más adelante se encontraba nuevamente con Lucy en el bar de vinos.

Hablaron de los niños, del trabajo y de todo lo que estaba mal en el mundo.

"¿Qué tal resultó la recaudación de fondos de la otra noche?", preguntó Lucy de forma inocente.

Trudy se sonrojó.

"¡Oh, Dios mío!". Toda la inocencia se borró al instante ante el comportamiento de Lucy. Esto era serio. "Conociste a alguien, ¿no es así?", la acusó. "¿Cómo es?", exigió saber.

Trudy se mordió el labio y movió la nariz, buscando claramente las palabras adecuadas para responder a la avalancha de preguntas.

"¿Es guapo?", su amiga no podía esperar.

Trudy levantó una ceja como si lo estuviera

considerando. Sonrió y se sonrojó un poco. "Más o menos", dijo.

"¿Intentó robarte dinero?".

Trudy sacudió la cabeza con vehemencia.

"No". Ella se opuso claramente a la difamación de su personalidad.

"¡Dios mío, te gusta!".

Bebieron un sorbo de Prosecco y se estudiaron mutuamente, sopesando ambas la situación.

Trudy no estaba segura de lo que podía decir de él, de lo que siquiera sabía de él.

Mientras Lucy se preguntaba si debía ofrecerle a su amiga algunos condones, se inclinó hacia delante. "Yo digo que te acuestes con él", la aconsejó.

Trudy soltó una risita. Fingía estar emocionada, pero Lucy reconocía la risa nerviosa cuando la oía.

"¿Le diste tu número?".

Ella asintió.

"¿Ya te llamó?".

Trudy dio un sorbo a su bebida antes de contestar.

"Nos veremos el sábado", confesó, y Lucy chilló, haciendo que algunos de los otros clientes las miraran.

Lucy se inclinó sobre la mesita de cristal y besó a su amiga en ambas mejillas.

"Estoy muy orgullosa de ti", declaró. La miraba

como si fuera una niña que acababa de quedar primera en la carrera de huevos y cucharas.

"Eso no significa que vaya a pasar nada". Trudy intentó echar un poco de agua fría al entusiasmo de su amiga.

Lucy resopló. "No esto de nuevo".

"¿Qué quieres decir?".

"Al menos, dale una oportunidad esta vez", aconsejó sombríamente.

"¿Qué significa eso?", preguntó Trudy a la defensiva.

Lucy se sentó y tomó un sorbo de vino. "Ya sabes lo que significa. Significa que si tienes la oportunidad de hacer algo bonito, dices que sí". Lucy bajó la voz y añadió: "Y si él quiere acostarse contigo, ¡acepta!".

Trudy resopló burbujas de vino, mientras no se comprometía a nada.

CAPÍTULO CINCO

Llegó el sábado por la noche y Justin se había preparado bien. Se puso una camisa nueva y su mejor traje Hugo Boss. Hizo una reservación en el restaurante de moda *SkyView*. Pasó por ella en un taxi, lo que le vino muy bien. Trudy odiaba caminar con tacones.

Mientras recorrían las calles de Londres, Trudy lo estudió detenidamente. Tenía que admitir que iba muy bien vestido.

"Quizá me acueste con él", pensó mientras se dejaban caer junto a la puerta.

"No puedes acostarte con él sólo porque te haya salvado de una ampolla en el talón", se dio cuenta, y la incertidumbre reclamó su lugar en su proceso de decisión.

En el bar, se acomodaron en los asientos de la ventana. La música ambiental los envolvía, y la suave iluminación aumentaba el romanticismo.

"A ella le tiene que encantar esto", concluyó Justin.

"Es agradable estar en un lugar nuevo", pensó.

La tensión se rompió cuando llegó el mesero y tomó su pedido. Una vez que se fue, volvió la tensión; Justin se sintió obligado a decir algo para romper el hechizo.

"¿Has estado aquí antes?", preguntó.

Trudy negó con la cabeza. "¿Y tú?".

"Una o dos veces", admitió.

"Sin embargo, he estado allá arriba", dijo y señaló a través de la ventana.

Al otro lado del río, el Shard resaltaba en la noche, por encima de todos los demás rascacielos.

"Oh". Hubo una pausa. "¿Por qué?", preguntó.

"Mi hija quería ir".

"Oh", dijo mientras veían cómo las luces láser rojas y azules bailaban sobre los paneles de cristal del Shard. Londres se extendía a lo largo de varios kilómetros. La vista, desde donde se encontraban, era innegablemente romántica.

Trudy esperó a que dijera algo.

"Tiene una niña", pensó. Justin le echó una mirada.

Ella lucía increíble.

"A quién le importa", decidió.

"¿Tienes una hija?".

"Sí, Megan, tiene cuatro años".

"Oh, qué bien, me encantan los niños".

Sonrió para demostrar que no pretendía nada raro con ello.

"No querrá hablar de niños". Trudy se detuvo para no ensalzar las virtudes de Megan.

Podía sentir mariposas flotando en su estómago. Una hermosa chica, un sábado por la noche y las luces de la ciudad. De esto se trataba.

Si añadimos a la mezcla la expectación, la preparación, el «sí» y el «no», teníamos la receta perfecta.

"El principio es siempre lo mejor de enamorarse", pensó Justin.

Vio una cara diferente de ella reflejada en la ventana. Con su chal de algodón blanco sobre un elegante vestido azul claro, era realmente impresionante desde cualquier ángulo.

"Te ves increíble", le dijo.

Ella le sonrió,

"Gracias".

Llegaron sus bebidas.

Trudy dio un sorbo a su vino mientras él tomaba un largo trago de cerveza.

"Por lo menos dijo increíble no agradable", pensó ella. No iba a descartar que él fuera aburrido.

"No seas aburrido".

De repente se giró y sus ojos se fijaron en ella. Ella era el centro de su atención y eso la hacía sentir especial.

"¿Crees en el amor a primera vista?", preguntó él.

"No hay nada aburrido en eso para un gambito de apertura". ¿Debería estar contenta?

"No sé", consideró la pregunta. "Sí, supongo que sí", decidió.

"Yo también", respondió él. Se sonrieron mutuamente.

Trudy se volvió hacia la vista.

"Eso fue algo bonito", se dijo a sí misma. *"Él es agradable".*

Pero había una voz molesta en el fondo de su mente.

"¿Qué? ¿Está loco? ¿Qué clase de pregunta es esa para alguien que apenas conoces?"

Durante unos breves instantes, Trudy se preguntó si había sido un gran error. Pero la vista era agradable, el vino estaba frío, la niñera había sido pagada.

Las palabras de Lucy sonaron en su cabeza, *"Dale una oportunidad esta vez".*

Se comprometió a esperar y a ver cómo se desarrollaban las cosas, aunque sólo fuera por el bien de Lucy.

Un par de horas después, Trudy se alegró de haber perseverado. Después de unas cuantas copas, una vez que había controlado sus nervios, resultó ser divertido y atento. Tenía historias en las que se había metido en pequeños líos que, en lugar de dejarle amargado, le habían proporcionado algunas anécdotas divertidas. Tuvo que admitir que era buena compañía; no debía saber que las anécdotas eran robadas a otras personas, a gente normal con vidas interesantes.

Justin sabía cómo seducir a una chica y Trudy estaba lista para la seducción.

Le llenó el vaso, fingió interés por sus historias y se comportó de la mejor manera posible. Era la mejor cita que Trudy había tenido en mucho, mucho tiempo.

Compartieron un taxi, que llevó primero a Trudy a su casa.

"¿Quieres entrar?", le preguntó mientras el auto entraba en su calle.

"Bueno, si te sientes segura. Eso sería estupendo".

Trudy pensaba llevarlo a la sala de estar y relajarse en el sofá, pero la habitación era un desastre. No podía llevarlo allí. Le había pedido a su hijo que ordenara cuando su hermana pequeña se fuera a la cama. Posiblemente se había distraído; ciertamente, se había olvidado de hacerlo.

Así que se quedaron en la cocina, sentados en taburetes en lados opuestos de la barra de desayuno, y el factor romántico descendió a medida que los niveles de café en sus tazas hacían lo mismo.

Con cada crujido de la casa, Trudy pensaba que su hija se despertaría. No podía relajarse.

Justin apuró su bebida al darse cuenta de que el momento había pasado.

"Será mejor que me vaya", anunció, deslizando hacia atrás su taburete y poniéndose en pie.

Trudy sonrió.

"Gracias por la velada encantadora. La disfruté mucho".

"Yo también". Hizo una pausa, preguntándose si ella iba a acudir a él.

Ella se quedó en su asiento, así que él se subió la cremallera de la chaqueta.

"Te llamaré", dijo y se dirigió al pasillo.

Oyó el sonido de un taburete raspando las baldosas y redujo la velocidad.

Trudy lo alcanzó.

"Entonces, te llamaré", repitió él.

"De acuerdo", dijo ella y se inclinó sobre él para abrir la puerta.

Justin alargó la mano y la pasó por detrás de la espalda de ella. Empujó suavemente y ella se dejó caer en un beso.

Pero sabía que la puerta de cristal significaba que serían silueteados por cualquiera que pasara por allí. Por muy improbable que fuera a altas horas de la noche, no se sentía cómoda, así que se separó y buscó a tientas la cerradura.

"Buenas noches", dijo ella, bajando los ojos tímidamente.

Le dio un beso en la mejilla al despedirse.

"Buenas noches, ángel", dijo, y se fue.

Trudy cerró la puerta y sonrió durante todo el camino hasta el baño.

Justin dio un pequeño salto mientras doblaba la esquina y empezaba a buscar un taxi negro.

"Eso fue genial. Ella es un diamante en bruto". En su mente la noche había ido extremadamente bien.

"Estoy enamorado", se apresuró a decir.

El sábado siguiente reservó una cena y un espectáculo en el *Volupte,* el cabaret de moda de la ciudad. Trudy llevaba un vestido de gasa color perla que se ceñía a sus curvas, se rieron a carcajadas con el animador, se emocionaron con los números de baile, bebieron demasiado vino barato y no pudieron quitarse las manos de encima en el taxi.

No hubo tiempo para el café. Pocos minutos después de entrar por la puerta principal, se revolcaban en el sofá interfiriendo en la ropa del otro. Rápidamente, Justin estaba con el torso desnudo y Trudy en ropa interior de encaje. La respiración era cada vez más rápida, más frenética.

Entonces Megan se despertó y empezó a llorar.

Ella se detuvo, así que él se detuvo.

"Será mejor que te vayas", dijo ella, poniéndose el vestido por encima de la cabeza.

La forma en que se contoneaba para ponérselo lo volvía loco.

"¿Qué?", quiso gritar. *"¿Parar ahora?"*.

Pero, ¿cómo iba a hacerlo? El llanto de Megan estaba creciendo en volumen, claramente una señal de que la fiesta había terminado.

Era la hora de irse, y no había nada que pudiera hacerse al respecto.

"Vete, ¿sí?", ella ya estaba a medio camino de las escaleras.

"Claro".

Esa noche no hizo ningún bailecito de camino a casa. En todo caso, se sintió un poco frustrado.

"Estarás bien", se consoló.

El fin de semana siguiente, Trudy se encargó de que su madre tuviera a los niños durante toda la noche.

No estaba totalmente convencida de que hubiera un futuro con Justin; realmente no lo conocía lo suficiente. Pero le gustaba bastante como para tener sexo, eso lo sabía. Además, había pasado ya un tiempo, estaba cachonda y la Navidad estaba a la vuelta de la esquina. No quería volver a estar sola este año.

Si Trudy ignoraba la persistente duda que tenía en el fondo de su mente, le resultaba bastante fácil fingir que las cosas estaban mejorando.

CAPÍTULO SEIS

Justin, en cambio, no tenía ninguna duda. Trudy era especial, era «la elegida», estaba absolutamente seguro de ello.

Y con tal conocimiento, estaba impaciente por ponerse manos a la obra. De empezar a mirar casas, arreglar una cuenta bancaria conjunta, o incluso conocer a sus hijos. Diablos, estaba listo para adoptarlos.

Definitivamente lo haría cuando se casaran.

No había mencionado nada de esto a Trudy. Probablemente era demasiado pronto para entrar en detalles, decidió. Pero le hizo saber que amaba a los niños, que no podía esperar conocer a los suyos.

"Todo el mundo me dice que soy muy bueno con los niños", le mintió, no por primera vez.

Trudy le creyó. No tenía ninguna razón para no hacerlo. Sólo que no estaba segura de que infligirle su descendencia ayudara necesariamente a su relación. Creía que debían conocerse un poco mejor primero. Pero Justin era persuasivo, y todo era nuevo y emocionante. Se dejó convencer.

Así que, la noche anterior a la Nochebuena, quedaron en reunirse en el centro de la ciudad.

Verían las luces de Regent Street, comprarían algunas gangas de última hora y quizás se darían el gusto de comer una hamburguesa. Justin había visto los anuncios; sabía que a los niños les gustaba ir a McDonald's.

Trudy tuvo que estar de acuerdo en que, en teoría, era un buen plan, aparte del McDonald's. Pronto desechó esa idea, no la verían muerta allí, ni tampoco a sus hijos. Bueno, Philip tal vez, pero ciertamente no Megan.

Sin embargo, tenía que estar de acuerdo con su sensiblería básica.

"Todo el mundo está de buen humor en Navidad. Es un buen momento para conocernos".

"Podría sacar a Philip de su caparazón", pensó. *"Y podría atribuir la hiperactividad de Megan a la emoción. Finge que no es siempre así".*

Justin estaba en lo alto de las escaleras de la estación de metro de Oxford Circus. Había mucha gente. La gente no dejaba de empujarle. No le gustaba. No estaba acostumbrado a esperar. Pasaba muy poco tiempo a merced de los demás.

Miró su reloj.

"Llega tarde". Si hubiera sido otra persona que no fuera Trudy, se habría ido a los cinco minutos. De alguna manera, haciendo acopio de toda la paciencia que poseía, consiguió aguantar durante lo que pareció una eternidad hasta que finalmente la vio. Llegaba nueve minutos tarde.

"Olvídalo", se dijo Justin. *"Compórtate bien",* se recordó a sí mismo.

"Philip no ha podido venir", anunció al acercarse.

Justin asintió y la besó en la mejilla.

"Bueno, al menos tú estás aquí", dijo.

Miró a la niña que se había molestado en venir.

"Esta es Megan".

La niña estaba enterrada dentro de una parka con capucha.

"Hola, Megan", sonrió.

Ella le devolvió la mirada.

Le tendió la mano para estrecharla. Ella siguió mirando fijamente, con las manos bien metidas en los bolsillos.

"Saluda a Justin", dijo su madre.

La niña asintió a medias.

"Toma mi mano", dijo Trudy y Megan lo hizo.

Mientras se dirigían a Regent Street, Justin

intentó entablar conversación, pero había demasiado tráfico para caminar junto a ellos. No podían escucharse mutuamente. ¿Cómo iba a poner a la niña de su lado?

En la siguiente gran tienda, tiró de la manga de Trudy, obligándola a detenerse. Señaló un unicornio gigante en el escaparate.

"Mira", trató de inyectar asombro en la palabra.

"Qué pena", respondió Megan, tirando de su madre para que siguiera caminando.

Justin se sorprendió. Pensó que la niña estaría aún más impresionada que él por un unicornio gigante.

"Obviamente no es lo suyo. Intentaré otra cosa".

Se detuvo de nuevo ante un enorme escaparate con luces de hadas en los bordes. Las luces enmarcaban una muestra que consistía en cientos de muñecas apiladas unas sobre otras. Era realmente impresionante.

"A las niñas les encantan las muñecas, todo el mundo lo sabe", pensó. *"Esta le va a gustar".*

"Mira, Megan".

"Qué pena", comentó, sin apenas echar un vistazo a la pantalla.

"Me odia", concluyó Justin. *"Sabe que me acuesto con su madre y me odia por ello".*

"¿Qué te gusta?", preguntó.

"¿Qué?", espetó la pequeña.

"Nada". Sintió la necesidad de retroceder. Se mostró receloso de iniciar una conversación. Ella lo estaba poniendo nervioso.

"¿Todo bien?", preguntó Trudy.

"Sí, mamá". Megan sonrió con dulzura.

"Creo que me odia", le dijo Justin en voz baja.

Ella resopló, lo que de alguna manera sugería que él estaba haciendo el ridículo.

"Sólo sé amable", susurró.

Miró a Megan. La niña le miraba fijamente, con los brazos cruzados sobre su pequeño pecho y una mirada severa.

Sonrió con nerviosismo, se preguntó qué decir que pudiera calificarse de amable.

"¿Qué miras?", preguntó la niña.

Forzó la risa, pero le salió más propia de un villano de Bond, que de un comprador navideño.

"Eres raro", le informó la niña.

Decidió ignorarla. Necesitaba una distracción.

"Mira", señaló.

"¿Y ahora qué?", Megan quiso saber. Su tono implicaba que se le estaba acabando rápidamente la paciencia con el nuevo amigo de mamá.

"¡Hamley's!".

"Nunca he oído hablar de eso", contestó ella.

"Vamos". Intentó tomarle la mano, pero ella no lo entendía.

"Vamos", se dirigió a Trudy.

Cogió la mano de Megan y cruzaron la calle.

Justin había formulado un plan. Decidió que lo más fácil sería comprar su amistad.

Se preguntó cuánto debía gastar.

Todavía se preguntaba mientras cruzaba la calle, con Trudy y Megan momentáneamente olvidadas. Se arriesgó a pasar el tráfico que Trudy no estaba dispuesta a emular.

Las esperó al otro lado de la calle, en el frío, mientras parecía invisible para las hordas. La gente volvió a empujarle. No le gustaba, pero se obligó a mantener su sonrisa, consiguió que la impaciencia no apareciera en su rostro. Cuando llegaron a la meca de los juguetes navideños y Megan se dio cuenta de que tenía vía libre, el ambiente cambió por completo y todos se relajaron.

Cuando las subió a un taxi una hora más tarde, Megan rebosaba de alegría navideña. En la acera de Hamley's, a pesar de estar cargada de bolsas, insistió en recibir un gran abrazo de Justin. Él accedió de buen grado mientras Trudy la miraba sonriente. Hacía años que no se sentía tan navideño, si es que alguna vez lo estuvo. Después de todo, había valido la pena renunciar a una tarde en la Xbox.

Por lo que a él respecta, el viaje había sido todo un éxito.

Trudy, en cambio, estaba menos segura.

No creía que los niños debieran conseguir cosas sólo con señalar y decir: "¡Eso, quiero eso!" Si hubiera sabido que Justin iba a hacer algo así, nunca habría venido.

Una vez que abrió la bocaza, poco pudo hacer ella. Intentó consolarse diciendo que era Navidad y que todos los niños merecían ser mimados en esta época del año.

Y tenía que admitir que era maravilloso ver a su hija tan emocionada, pero aún así...

Tal vez las cosas se estaban moviendo demasiado rápido. Necesitaba tiempo para pensar bien.

Esperó hasta el último momento, hasta que se separaron.

"Tengo que ir a casa de mi hermana", le dijo a través de la ventanilla del taxi.

Ella le había advertido que podría no estar disponible durante las vacaciones.

"Oh, te echaré de menos", dijo, sorprendido de haberlo dicho y aún más de que fuera cierto.

Ella sonrió de forma tranquilizadora. "Lo mismo digo", respondió.

"¿Te veré cuando vuelvas?", preguntó.

Asintió mientras el taxi se alejaba.

CAPÍTULO SIETE

Justin siempre había encontrado la política un poco deprimente.

No le importaba porque, aunque no se consideraba rico, se encontraba confortable. Su abuelo había inventado un artilugio con derechos de autor que se utilizaba en todas las máscaras de buceo del mundo. Justin no necesitaba trabajar. Se suponía que tenía que cumplir horas en la oficina, pero rara vez se molestaba en hacerlo.

El personal lo tenía todo bajo control. No necesitaban que anduviera por ahí.

Si alguna vez su saldo bancario necesitaba una recarga adicional, simplemente se lo pedía a sus padres. Sabían que nunca les devolvería un céntimo, pero era su único hijo. Todas las partes implicadas se sometían a una farsa para evitar una posible vergüenza.

"Necesito dinero para salir con una chica, papá. Te lo devolveré la semana que viene".

"Toma, hijo, llévala a un lugar agradable".

"Necesito neumáticos delanteros nuevos para mi coche, papá. Te lo pagaré a final del mes".

"No hay problema, reemplaza los cuatro mientras estás allí".

"Necesito un depósito para una casa más grande, papá. Lo devolveré cuando consiga un inquilino".

"No hay problema, ¿cuánto necesitas?".

Por eso le resultaba difícil relacionarse con las dificultades. Conocía gente que se tomaba la política en serio. Pero eran amistades basadas en el consumo de drogas más que en el acuerdo político.

Una vez se describió a sí mismo como de derecha, pero cuando le preguntaron qué quería decir con eso, no tuvo más respuesta que «porque mi padre lo es». Las risas que siguieron le impidieron volver a afirmar públicamente que era algo.

Cuando le preguntaron si estaba en contra de los recortes en el servicio de bomberos, sabía que decir "no me importa. Estaré bien, mi casa tiene los últimos sistemas de detectores y rociadores", con eso no iba a ganar ningún concurso de popularidad, así que tomó la opción más fácil.

"Por supuesto que estoy en contra de los recortes", decía.

Si pensaba en los asuntos mundiales, sólo lo hacía en términos de cómo le afectaban a él personalmente.

Sin embargo, el egoísmo era una postura impopular entre los izquierdistas fumadores de droga, así que cuando la política asomó su fea cabeza, se fumó otro porro, asintió y sonrió, pero estaba a kilómetros de distancia, en su lugar feliz, sin escuchar una sola palabra.

Para Trudy, la política lo era todo. El juego estaba amañado, y ella no descansaría hasta que el mundo entero se diera cuenta.

Se enorgullecía de estar al día de las últimas novedades, las tendencias y los intrincados matices de Westminster.

Asistía a todas las reuniones, mítines y discursos que pudo. Se empapó de todo de buena gana. Ya fuera un asunto local o global, no había diferencia; para ella, todo formaba parte de un panorama más amplio. Una conspiración global de la derecha en la que todos los caminos conducían siempre al mismo puñado de sospechosos.

De ninguna manera Justin iba a admitir sus opiniones vagamente conservadoras ante Trudy.

En cambio, fingió estar encantado cuando ella le invitó a acompañarla a algún salón comunitario escondido en Islington o Bethnal Green.

En una ocasión recargó su tarjeta Oyster específicamente para unirse a ella en una protesta ante la Embajada de Ecuador. Una semana más tarde estaban codo con codo en una vigilia con velas en Brixton. Él fingía que le importaba; la verdad era que esas salidas solían culminar con sexo.

Al principio, había intentado mostrar interés.

Pero con el paso de las semanas, se dio cuenta de que solía desnudarla mentalmente cuando se suponía que estaba escuchando.

Esto se convirtió en su mecanismo de supervivencia cada vez que ella se lanzaba a un discurso apasionado. Su política podía interferir en su disfrute.

El día de hoy había dado un vuelco, por ejemplo, porque había visto cómo detenían a un indigente.

Justin estaba recibiendo todo el relato, golpe a golpe. Le resultaba difícil seguir el ritmo porque la blusa de ella estaba desabrochada un poco más abajo de lo habitual.

"¿No crees?", le oyó decir.

Se esperaba que tuviera una opinión.

¿Pero qué decir? No había estado escuchando y, además, no sabía nada de albergues ni siquiera del hambre en realidad. La simpatía siempre había sido una emoción problemática para él.

Tal vez lo leyó en su comportamiento.

"Estoy hablando demasiado, ¿no?", lo dijo como una pregunta más que como una afirmación.

"Nooo". Le apretó la mano y sonrió. "No seas tonta".

Ella le creyó. ¿Por qué no iba a hacerlo? Retomó su relato donde lo había dejado.

"Así que, el albergue estaba cerrado para cuando llegamos allí...".

Justin la volvió a dejar de lado.

"No tenemos nada en común", pensó. *"Pero está muy buena".*

"¿No crees?", volvió a romper su voz.

Asintió con seriedad. Intentando mostrar una profunda comprensión.

"Si hubiera más gente como tú", dijo.

Ella sonrió y movió la nariz. "Oh, gracias, nena".

Justin sonrió. "Problemas iniciales", se dijo a sí mismo. *"Eso es todo. Cuando nos casemos, se olvidará de la política".*

Sus pensamientos se desviaron. *"Siempre puedo cambiarla por una que prefiera las compras en línea".*

Cortó de raíz ese pensamiento. *"No, es a Trudy a quien amas, a nadie más".*

"Luce muy bien", se recordó a sí mismo, porque eso lo superaba todo. Ahuyentaba toda duda. Sabía que era superficial, pero le parecía bien.

Seguía hablando, sólo que ahora la frustración en su tono se hacía más evidente.

"Pon CNN, cariño", le pidió ella, y Justin sonrió y cogió el control remoto.

"Claro, nena".

La forma en que devoraba las noticias empeoraba las cosas, en su opinión.

"No es que pueda ayudar a todo el mundo", razonó, *"así que ¿por qué molestarse en intentar ayudar a alguien?".*

Realmente le desconcertaba el modo en que ella parecía capaz de hacer cualquier cosa política, cualquier cosa.

En privado, Justin se alegró de haber identificado este posible escollo en su relación. En su opinión, no era insuperable. Ya había decidido una estrategia: si nunca estaba en desacuerdo, no había que discutir.

Cuando ella le habló de alguna pobre alma que sufría terriblemente, él se abstuvo de señalar que le parecía bien el sufrimiento de desconocidos lejanos.

Cuando le leyó un pasaje sobre la tortura de los

presos políticos, sacudió la cabeza con nostalgia mientras pensaba: *"Sé que la tortura es dolorosa. También es doloroso pensar en ella, así que cierra la boca".*

Se convirtió en un experto en revisar su cuerpo subrepticiamente mientras ella se desahogaba. Ella era tan hermosa, que esto siempre le garantizaba una cierta gratificación.

"Trump es presidente desde hace tres años", decía.

Miró al otro lado a tiempo de pillarle asintiendo seriamente con la cabeza. Ella no debía saber que él había retenido el asentimiento hasta saber que ella lo vería. Cuando ella bajó la vista hacia su pantalla, él admiró en secreto el erótico destello de piel visible entre su top y sus vaqueros.

"Su actitud ante el cambio climático será la muerte de todos nosotros", decía. "No puedo creer que haya puesto aranceles adicionales a las renovables, ¿y tú?".

"Lo sé". Justin parecía terriblemente molesto.

"Las energías renovables son lo que hay", sonó un poco enfadada ahora. Eso era bueno; el sexo con ira era perverso.

"Tendremos suerte si al planeta le quedan veinte años buenos". Sacudió la cabeza y sus ojos brillaron de frustración.

"Lo sé", aceptó. "¡Cabrones!".

"¿Dónde cree que las energías renovables son más prometedoras?", preguntó.

Puso su cara seria. Él conocía a éste.

"Necesitamos más paneles solares", respondió solemnemente.

"Exactamente", coincidió, "uno con una mayor duración de la batería. Y te diré dónde deberían ponerlos", y se apagó.

Hablaba con tanta confianza, con tanta pasión; su pequeña falda de algodón se levantaba y caía de forma tan tentadora, era el paquete completo. Era un placer para la vista. Él podría escucharla toda la noche. No escuchar del todo, obviamente, pero sí estar allí en cuerpo, si no en espíritu.

"No es sólo porque pudiera tener sexo", trató de convencerse.

Pero su voz interior carecía de la autoridad de la exterior de Trudy.

Deseaba tan desesperadamente estar enamorado que prometió esforzarse más.

Su retórica se ralentizó y finalmente se detuvo. Era su turno de decir algo.

"He visto paneles solares", le dijo. "Kilómetros y kilómetros de ellos".

"¿De verdad?", estaba dispuesta a dejarse impresionar.

"Sí, en el desierto. En Marruecos".

"Oh, los campos chinos", afirmó.

"No, en el Sahara, marroquí".

Ella sonrió suavemente, conmovida por su ingenuidad.

"Dinero chino", explicó.

"Oh", respondió. "Pero son geniales".

La charla pasó a Marruecos. A ella le interesó que él hubiera estado ahí. Entonces el ego de Justin se apoderó de la conversación. Para cuando terminó de hablar, Trudy supuso razonablemente que conocía todo el país íntimamente.

Recordó los zocos maravillosamente vibrantes. Rememoró la miríada de aromas. Pintó imágenes románticas de la comida, la tierra y la gente.

"Me encantaría verlo algún día", suspiró Trudy.

"Deberíamos ir", dijo inmediatamente.

"¿Qué hay más romántico que la llamada de los minaretes mientras el sol se hunde en el mar?", pensó.

Los recuerdos de Justin de algunos años anteriores estaban teñidos de rosa por el tiempo.

Recordaba las vastas playas de arena, las carreteras vacías, la comida maravillosa, la gente tranquila y el excelente clima. Sobre todo, recordaba el hachís barato.

El tiempo había borrado convenientemente la miseria, los mendigos, la falta de servicios básicos. En parte, esto se debía a que disfrutaba de vez en cuando en los barrios bajos, viviendo pequeñas aventuras para reforzar lo afortunado que era, antes de volver a salvo a la decadencia occidental.

Sus pensamientos se desviaron y una chica francesa a la que había llevado al extranjero revoloteó por su mente. África había resultado ser mucho más de lo que ella podía soportar.

Hacía años que no la recordaba. Fue como si se encendiera una campana de alarma en su cerebro.

"Vivir en los barrios bajos de Marruecos es demasiado para las buenas chicas europeas", le recordó su voz de la razón.

"Esta vez será diferente", insistió para sí mismo.

La forma en que ignoró la advertencia, la desechó en un santiamén, era magnífica. Pero aunque el optimismo ciego era ciertamente admirable, era increíblemente ingenuo. No dejar tiempo para reconsiderar, desterrar cualquier segundo pensamiento fue una decisión infantilmente precipitada.

"¡Te encantará estar allí!", declaró.

Debería haberse detenido a sopesar los pros y los contras, pero ¿quién hace eso? ¿Quién, en los primeros días de una nueva relación? Pensaba con la polla. Además, siempre actuaba con precipitación y no era probable que cambiara pronto.

CAPÍTULO OCHO

Era una lluviosa tarde de martes en el norte de Londres. Trudy estaba sentada en su mesa habitual en su bar de vinos local. Tenía una botella y dos vasos delante de ella; esperaba pacientemente a Lucy. Miró hacia la entrada, pero su amiga aún no había llegado. Todo lo que vio fueron gotas de lluvia gigantes rodando por la puerta de cristal.

"¿Dónde está?", se preguntó. Estaba impaciente por que Lucy apareciera; quería compartir sus noticias. Anoche había pasado la noche en casa de Justin, por primera vez.

Finalmente, los rayos de los faros cruzaron la ventana. Se asomó cuando un Uber se detuvo en la calle desierta. Vio cómo se encendía la luz interior y cómo Lucy pagaba al conductor. Entonces se abrió la puerta del coche y, con el cuello levantado, su amiga entró corriendo en el bar.

"Lo siento", dijo mientras se acercaba a la mesa.

Trudy se levantó para saludarla. Se besaron al aire.

"¿Y bien?", preguntó Lucy antes de quitarse el abrigo.

Trudy no respondió. Miró con culpabilidad alrededor del bar.

"¿Cómo fue?", Lucy cambió de táctica al sentarse.

"Bueno, tiene un bonito lugar".

Lucy resopló y tomó un trago de vino.

Estudió a Trudy por encima de su vaso.

"No me importa su casa. ¿Te acostaste con él?",

Trudy se tapó la boca y miró a su alrededor.

"Shh".

Lucy volvió a resoplar.

"Ahórratelo, hermana", dijo. "Nadie piensa que todavía eres virgen".

Se sonrieron como lo hacen las viejas amigas.

Ambas dieron un sorbo a su vino.

"¿Lo hizo bien?", preguntó Lucy.

"Eres insoportable".

"¿Vas a volver a verlo?".

Trudy tomó otro trago de vino y le habló del viaje sugerido a Marruecos.

Había preguntas, como ella sabía que habría.

"Así que, a ver si lo entiendo", dijo finalmente Lucy, "¿se ha ofrecido a llevarte de vacaciones?".

Esperó a que Trudy asintiera con la cabeza.

"¿A todos ustedes, incluso Megan y Philip?".

Hizo una pausa y Trudy volvió a asentir.

"¿Fue buen sexo?".

El asentimiento volvió a venir acompañado de una sonrisa cómplice.

"¿Y no es demasiado político?".

Trudy frunció ligeramente el ceño ante esta última cuestión de orden. Dudó un poco, pero asintió con la cabeza.

Lucy le dirigió una mirada severa. "Basta", dijo. "Atrás, hermana. Seamos absolutamente claras, no políticos, eso es algo bueno".

"Pero todos mis amigos son políticos", discrepó Trudy.

"Yo no".

"Sí, pero si no nos hubiéramos conocido en la escuela primaria, no habría manera de que fuéramos amigas ahora", sonrió Trudy al hablar.

Lucy sonrió con facilidad. "No puedo mantener el fuerte sola. Necesitas a alguien más apolítico en tu vida", insistió.

Trudy volvió a beber un sorbo del vino. Tuvo que admitir que marcaba todas las demás casillas. Su amigo acababa de repasarlas con detalle forense.

Las pasó todas, todas menos una. Ahora era lo único que le quedaba.

"Hay algo en él, no lo sé".

Lucy negó con la cabeza.

"Siempre piensas que hay algo sospechoso en la gente nueva".

"¡Yo no!", objetó Trudy aunque ambos sabían que sí.

"¡Sólo ve!" suplicó Lucy. "¿Qué es lo peor que puede pasar? ¿Qué te den un viaje gratis al sol?".

Ambos miraron hacia la lluvia torrencial.

"Mirándolo por fuera", dijo Lucy innecesariamente. "Tengo la sensación de que fuma demasiada droga", dijo Trudy.

No podía explicar por qué sentía la necesidad de sembrar la duda, especialmente con unas vacaciones gratis en juego. Las primeras vacaciones gratis que le ofrecían, por cierto. Debería estar encantada, lo sabía. Pero tenía una sensación de malestar, de inquietud, una nube de fatalidad inminente.

"¿Y qué si fuma un poco?", Lucy respondió.

"He dicho «demasiado»".

Lucy se encogió de hombros; no era muy dada a los matices.

"¿Cuándo vas a volver a verlo?".

"Vendrá mañana".

"¿Qué vas a decir?", Lucy quería saber.

"Voy a decir esto...". Tomó un gran trago de vino para lubricarse y recitó como si hubiera aprendido las palabras de memoria: "He decidido aceptar tu oferta. Sería estupendo poder escaparme. Pero es un viaje familiar, así que iremos como amigos. No compartiremos la cama".

Lucy resopló. "¡No puedes decir eso!".

"¿Por qué no?", preguntó Trudy a la defensiva.

"¿En serio crees que todavía querrá ir?".

"Sí".

"El pobre tipo. Tú estarás con tu nuevo bikini tumbada en la piscina, ¿y él sólo podrá mirar?".

"Estará bien. Lo entenderá".

"Sí, entenderá que el mundo es un lugar cruel".

"Me acostaré con él cuando volvamos".

"Sí, eso es todo".

Ambas se rieron.

"Espero que a Megan le guste", opinó Lucy.

Las risas cesaron ante la perspectiva de una infeliz Megan.

Lucy vio que la preocupación cruzaba el rostro de su amiga.

"Estoy segura de que estará bien", insistió apresuradamente, "sol, mar, eh, castillos de arena".

Trudy sonrió, "Sí". Pero su corazón no estaba del todo en ello.

CAPÍTULO NUEVE

Su vuelo salía de Heathrow a primera hora de la mañana, así que Justin había reservado un hotel cerca del aeropuerto para la noche anterior. Quería evitar cualquier retraso de última hora o situaciones que indujeran al estrés y, como ventaja adicional, pensó que sería un regalo para la pequeña.

Justin estaba acostumbrado a los hoteles; por lo general, le gustaban. Sin embargo, nunca había sentido la necesidad de alojarse en una suite familiar. Tampoco había pasado la noche con un niño pequeño.

¿Quién iba a decir que tardaban tanto en hacer todo, incluso las tareas más sencillas? ¿O que podían ensuciar tanto un baño?

Y para colmo, Megan se negaba a dormirse

porque el techo era demasiado alto.

"¿El techo es demasiado alto? No jodas", pensó, mientras que Trudy optaba por adoptar el enfoque más maduro de asegurar a un niño, en un entorno desconocido, que todo era perfectamente seguro y que no existían los monstruos del techo.

Sólo cuando se le permitió subir a la cama gigante se sintió segura. Justin no pudo evitar preguntarse si la milagrosa conversión estaba relacionada con el hecho de tener la cama más grande. Tal vez ése había sido su plan desde el principio, pensó cínicamente.

"¿Qué tan retorcidos son los niños de cuatro años?", se preguntó, *"¿y dónde se supone que voy a dormir?".*

Justin no había dormido en una cama individual durante muchos años. Dio vueltas en la cama hasta que se despertó con las primeras luces porque la niña estaba despierta y no se quedaba quieta ni callada.

Primero quería ir al baño, luego quería desayunar, luego quería un cuento y esperaba constantemente la ayuda de su madre para todo.

"'Esa chica necesita crecer", reflexionó Justin mientras fingía dormir.

No tenía en cuenta su tierna edad. No veía que hubiera mucha diferencia.

"Aun así", se consoló, *"las cosas irán mejor cuando lleguemos allí".*

CAPÍTULO DIEZ

Justin estaba dormido, soñando con Trudy, pero una voz lejana le hacía difícil concentrarse en el objeto de sus deseos. Sonaba como si estuviera escuchando una radio a través de una pared.

"Señor, señor, puede despertarse por favor".

Frunció el ceño y se pasó el brazo por la cabeza.

"Señor, señor".

Ahí estaba de nuevo.

Abrió los ojos. Una azafata se inclinaba sobre él. Su expresión sugería que quería sacudirlo con mucha delicadeza.

"¿Podría despertarse, por favor, señor? Está usted babeando a la señora de al lado, y a ella no le gusta".

"Lo siento", susurró a su compañero de viaje.

Una mujer de mediana edad le devolvió la mirada. Se secó teatralmente con un pañuelo en el hombro lo que él supuso que era su saliva.

Justin sonrió tímidamente y se limpió la boca.

"Lo siento", repitió.

Ella no dijo nada, sólo miró fijamente.

Se inclinó hacia delante en su asiento para mirar por la ventanilla, pero también para no ver su mirada.

Sólo había negrura más allá del cristal. Se quedó mirando. Le dolía la espalda por haberse quedado dormido en un asiento diminuto. Podía soportarlo; era mejor que enfrentarse a su acusador.

Permaneció encorvado hacia delante hasta que el dolor en el centro de la espalda acabó por ser demasiado intenso. Probablemente ya estaba perdonado, razonó.

Intentó retornar a una mejor posición.

Sin embargo, la agraviada pasajera que estaba a su lado no tenía nada mejor que hacer. Estaba en alerta máxima y estaba decidida a no compartir el reposabrazos con un personaje tan desagradable. Si era posible, planeaba arruinarle el resto del vuelo de cualquier manera que pudiera. Para ella, esto era algo personal.

Justin se rindió. Se sentía como si estuviera intimidando a un jubilado; no se sentía bien.

Además, llevaban dos horas sentados juntos.

Durante la primera hora, él había tratado de entablar una conversación con ella. Durante la segunda, la utilizó como una almohada involuntaria.

Ahora era el momento de la venganza.

"Me parece justo", reflexionó.

Echó otra mirada hacia la ventana. Sólo vio el reflejo del interior del avión. La mujer que estaba a su lado resopló en voz baja.

"Muy bien, cariño, ahora lo estás cosechando", quiso decir.

Miró al otro lado del pasillo del avión. Allí estaban, sus compañeros de viaje.

Más lejos de él, apoyando la cabeza en la ventana, estaba Philip.

Hasta ahora, Philip sólo había hablado con gruñidos monosilábicos. Llevaba un trozo de fleco negro permanentemente cubriendo la cara, y la capucha de su sudadera de Megadeth estaba siempre levantada. Era difícil saber qué se escondía debajo.

Llevaba las uñas pintadas de negro y Justin estaba seguro de que, cuando se vio obligado a echarse el flequillo hacia atrás para el agente de aduanas, había captado una pizca de delineador de ojos.

Todavía no conocía realmente a Philip. Supuso que estaba en posesión de todas sus facultades.

Bueno, tenía un pasaporte. Justin supuso que si fuera un maníaco homicida su solicitud de pasaporte habría sido rechazada.

Y, se dijo a sí mismo, si de alguna manera se hubiera colado allí, seguramente lo habrían detenido en alguno de los numerosos controles de seguridad por los que habían pasado en Heathrow.

"Aun así", pensó Justin, *"al menos no pide mucho"*.

En el centro, acurrucada junto a su hermano mayor, Megan estaba dormida.

Era tan pequeña que cabía en el asiento del avión como si fuera una cama. Tenía un aspecto angelical; Justin podía ver fácilmente cómo se había equivocado tanto con ella.

"Sin embargo, fue bastante injusta", no pudo evitar pensar.

Hasta ayer sólo se habían visto una vez, en el viaje de compras de Navidad. Él había asumido tontamente que se habían separado como amigos.

La verdad es que en cuanto le negaron el permiso para hacerse con el mando a distancia de su suite, le odió a él y a todo lo que representaba.

Si era honesto consigo mismo, le había sacudido bastante lo fuerte que podían ser sus gritos.

Luego, esta mañana, resonando en un aeropuerto, logró gritar aún más fuerte que la noche anterior, según le pareció a Justin.

Todo porque se dejó la carretilla en el taxi.

Justin había necesitado retirarse al bar para ordenar sus pensamientos.

"Sé que es sólo una niña", reflexionó, mientras se tomaba un whisky a las ocho de la mañana, *"pero le he dicho suficientes veces que se ocupe de sus cosas. Es como si pensara que uno dice las cosas porque sí"*.

Sin embargo, ahora estaba durmiendo, y si una persona no lo supiera, probablemente pensaría que era un angelito.

No a los otros pasajeros, por supuesto. Era demasiado tarde para engañarlos. No se hacían ilusiones de lo histérica que podía llegar a ser aquella linda diablilla.

La mirada de Justin se posó en el tercer pasajero de la fila.

En el asiento del otro lado del pasillo estaba sentada la encantadora Trudy. Estaba tan cerca que podría haberla tocado. Pero no se atrevió. Se arriesgó a que la señora que lo aplastaba le diera otra palmada y se inclinó un poco más hacia delante para poder echar un vistazo a la cara de Trudy. Rápidamente volvió a sentarse.

"Eso no es bueno", tuvo que admitir.

En realidad no estaba llorando. Pero tampoco estaba exactamente sin llorar.

Trudy había captado su movimiento con el rabillo del ojo. Se volvió para mirarle.

Intentó sonreír, pero no engañaba a nadie. Justin se asustó y se obligó a devolver la sonrisa. ¿Qué otra cosa podía hacer?

"¿Qué pasa con ella?", se preguntó con razón.

"Ella está bien", se dijo a sí mismo. *"Haré como los ingleses y fingiré que no me he dado cuenta"*.

Entonces habló Trudy. "Pronto estaré allí", murmuró al otro lado del pasillo.

Intentó pensar en algo que decir.

Algo que no fuera. "¿Has estado llorando?", pero literalmente no tenía nada, no se le ocurría nada que no contuviera las palabras «llorar» o «llanto».

Esperó. Le dio la oportunidad de salir con algo, de iniciar una conversación.

Tras una larga e incómoda pausa, Trudy preguntó: "¿Ya ves alguna luz?".

"Por supuesto. Debería haber hablado de las vacaciones, idiota", se amonestó mientras se retorcía en su asiento.

Echó un vistazo rápido por la ventana. "Todavía no", respondió.

Volvió a sonreír, pero definitivamente tenía mejor aspecto.

"¿Estás bien?", se sintió obligado a preguntar. Esperaba que ella también siguiera las reglas inglesas y dijera que estaba bien, a pesar de lo que indicaban las pruebas.

"Estoy bien", respondió ella y se dio la vuelta.

"Buena chica", pensó e intentó dejarlo ahí, pero la realidad acababa de mostrarse a la fría luz del día.

"Está al *borde de las lágrimas, por el amor de Dios"*. Su mente no lo dejaba descansar.

"Ella dijo que está bien", contra argumentó.

La pasajera que acaparaba el reposabrazos había seguido de cerca el intercambio. Le miraba fijamente, haciéndole un agujero en el costado de la cabeza hasta que era imposible ignorarla. Le dirigió una mirada lo suficientemente larga como para ver cómo negaba con la cabeza.

"Esa relación está condenada", esperaba transmitir. "¡Ya está llorando, y ni siquiera has bajado del avión!"

Justin movió discretamente la cabeza de un lado a otro. Le dedicó una sonrisa cómplice.

"Ahí es donde te equivocas", dijo con su sonrisa.

Resopló melodramáticamente y se volvió hacia la ventana.

Miró a Trudy. Una vez más, ella tenía la cabeza enterrada en sus manos. No se atrevió a mirar. Podría estar llorando.

"¿Podría ser? Mira sus hombros, están temblando. Vamos, mira", exigió su conciencia.

"Está bien", se dijo a sí mismo.

Se arriesgó a echar un vistazo rápido, una doble comprobación. Ella seguía sentada con la cabeza enterrada entre las manos.

"Ella dijo que estaba bien", se aseguró, eligiendo ignorar la evidencia de sus propios ojos.

Para distraerse, miró alrededor del avión. Intentó convencerse de que todo iba bien, aunque tuvo que admitir que las cosas no estaban teniendo un comienzo ideal.

A su lado, por el rabillo del ojo, pudo percibir que la pasajera le miraba fijamente de nuevo. Desafiándole a que se enfrentara a su mirada de desaprobación. Cerró los ojos, negándole el contacto.

"Uno a mi favor, creo", pensó infantilmente.

CAPÍTULO ONCE

Todo estaba tranquilo. Justin se encontraba sentado en una manta blanca como la nieve con Trudy. Ella llevaba un vestido de algodón vaporoso y estaba absolutamente guapa. Era un hermoso día soleado. Comían fresas y se reían juntos de una broma que él no recordaba.

Ella le acariciaba el brazo como sólo lo hacen los amantes. Ahora intentaba alejarse de él. Él frunció el ceño. El tirón se hizo más fuerte. Se vio obligado a reconocerlo. Sus ojos se abrieron y el sueño se estrelló y murió.

"Señor, ya he hablado con usted". La azafata le dirigió una mirada fulminante. "Ha vuelto a babear a sus compañeros de viaje". La azafata hizo pleno uso de su formación, con la sonrisa fija que forma parte prácticamente del uniforme de las azafatas y susurrando a medias para no llamar la atención.

Justin acababa de despertarse. Nunca estaba en su mejor momento.

"¿Qué?", preguntó, limpiándose la boca.

"Qué maleducado", dijo la mujer que lo aplastaba en el pasillo.

"Lo siento", murmuró.

Las miradas que ambos le dirigieron le hicieron sentir que su disculpa no había sido totalmente aceptada.

Se sentó erguido y se comprometió a permanecer despierto. No se atrevió a quedarse dormido de nuevo. Parecía que había consecuencias.

"Pero, ¿qué van a hacer?" reflexionó. *"No pueden echarme del avión".*

Aun así, ahora se sentía como una cuestión de principios. Justin estaba decidido a permanecer despierto hasta que aterrizaran a salvo en Marrakech.

Su cabeza volvió a dar un bandazo hacia delante, despertándolo. Esto no iba a ser fácil.

Subrepticiamente, se pellizcó los muslos. Sentía que la mujer le miraba fijamente. Miró al otro lado. Se aseguró de que él viera cómo su mirada de asco se deslizaba hacia sus manos y luego volvía a su cara,

"Te vi", su mirada acusó . *"Te vi pellizcarte, bicho raro".*

Justin quería decir "lo siento" y lanzarle una sonrisa. Pero había dormido muy poco anoche. Estaba demasiado cansado para pronunciar la palabra. Sus ojos empezaron a caer. Se pellizcó de nuevo.

La mujer resopló demasiado fuerte. Ella lo había visto.

La tensión en su pequeño trozo de avión era palpable.

En la fila de asientos del otro lado del pasillo, un gemido de desagrado subió de volumen. La sensación definitiva de tensión se extendió por la cabina como un incendio. Increíblemente rápido, el gemido mutó en un lamento desgarrador.

Rápidamente, el zumbido de los motores, incluso la película de acción a alto volumen no fueron rival para los gritos.

Megan estaba despierta. Había pasado increíblemente rápido de un lamento de irritación a una serie de gritos que sugerían que temía por su vida.

Era poco probable que Justin se durmiera ahora. Vio que su azafata menos favorita se dirigía hacia ellos.

"Señorita", llamó, "¿podría traerme un café?".

No quería pedir alcohol. Sólo podía adivinar el juicio que tal petición pondría en su cabeza.

"Se acabó el café", le ladró mientras pasaba por delante.

"Qué bien", pensó. *"No hay «señor» y no hay café".*

Intentó bloquear los gritos. Todos lo hicieron. Todos en el avión, muy pocos tuvieron éxito.

Trudy estaba atendiendo a su hija. Justin podía ver cómo movía la boca, pero las palabras estaban ahogadas. Sin embargo, estaba surtiendo efecto. Los gritos se ralentizaron, perdieron el ritmo y bajaron un poco de volumen. Ahora podría describirse como un fuerte sollozo intermitente.

Justin miró alrededor del avión. Ningún pasajero estaba dispuesto a llamar su atención. Se limitaban a sentarse y a mirar fijamente en algún lugar entre sus manos y el respaldo del asiento de enfrente. Sin duda, todos, todos y cada uno, deseaban que este viaje terminara.

Cuando el ruido parecía estar a punto de cesar, algunos pasajeros empezaron a mirar un poco a su alrededor. No podían evitarlo.

"Va a parar", sugirieron las miradas.

"Las cosas van a ir bien", se atrevían a pensar.

"¿Tu niña se encuentra bien?", le preguntó un valiente a Trudy. Cuando Trudy levantó la vista, le hicieron otra pregunta: "¿Estás bien? ¡No pareces estar bien!".

Trudy estaba a punto de responder.

Sin previo aviso, aparecieron hileras de luces superiores a lo largo del interior del avión. La aeronave se sacudió y se tambaleó inesperadamente.

Los gritos de Megan llenaron la cabina.

Se oyó un chasquido agudo y chirriante y la voz del capitán se dirigió a ellos. Si uno se concentra lo suficiente, se le puede oír por encima de los gritos del niño.

"Señoras y señores, por favor, abróchense los cinturones. Estamos a punto de experimentar algunas turbulencias".

El avión se sacudió y se tambaleó. Megan gritó con todas sus fuerzas.

Justin sonrió a la mujer que estaba a su lado.

"Podría ser un viaje muy agitado", dijo.

Ella le miró fijamente, resopló, sacudió la cabeza y miró hacia otro lado.

Los ojos de Justin se posaron en Trudy. Intentaba envolver a Megan con una manta, que gritaba y la quitaba a patadas.

"Señoras y señores, prepárense para una turbulencia extrema", anunció el capitán.

Mientras caían en caída libre, los gritos de Megan llenaron todo el avión. Justin la vio patear su manta al suelo.

"Por favor, Dios, haz que pare", repitió

mentalmente una y otra vez mientras se precipitaban por el cielo.

Contra todo pronóstico, el piloto consiguió recuperar el control y el avión se estabilizó. Hubiera sido digno de un aplauso si los pasajeros no estuvieran tan maltrechos.

Al aterrizar, el ambiente de derrotismo se disipó. Una férrea determinación ocupó su lugar entre los ocupantes del avión.

Está claro que ahora cada hombre, mujer y niño está por su cuenta. Se podía sentir en el aire.

Justin se preparó para desembarcar.

Quería llamar la atención de Trudy, lanzarle una sonrisa. Hacerle saber que estaba bien; que no tenía que preocuparse por él.

Trudy no podía soportar mirar a Justin. Su cara era de un color púrpura apoplético; estaba al límite.

"Parece que Megan la ha fastidiado", conjeturó, incorrectamente.

Miró hacia arriba y hacia abajo en el pasillo. Se burló en privado de los que se apresuraban a recuperar su equipaje.

"Aficionados, plebeyos, siempre hay que meter todo en la bodega". No tenía ninguna bolsa superior, ni parafernalia, nada. Todo lo que tenía que hacer era ponerse la chaqueta y esperar a que abrieran las puertas.

"¿Toma esto?", Trudy le espetó.

"¿Qué?".

"Levántate", siseó.

Se sintió como una derrota, pero hizo lo que le dijeron. Lo cargó sin llamarle la atención. Libros para colorear, cartones de bebidas vacíos, rotuladores.

Esto no era para lo que se había inscrito.

Uno de los bolígrafos no tenía tapa. La tinta roja apareció en su mano y en la parte delantera de su camiseta.

Ella no le había dado mucho para cargar. Pero todo tenía formas extrañas. Era incómodo.

Entonces, sin previo aviso, Megan empezó a darle patadas.

"¡Muévete!" gritó. "¡Muévete, quiero moverme!".

Se agarró a la rodilla de Justin y se deslizó hacia delante de su asiento. Lanzó sus pequeñas piernas la corta distancia hasta el suelo.

"¡Muévete!", repitió.

Justin movió instintivamente las piernas para evitar ser pateado.

"No dejes que siga", siseó Trudy.

Megan intentó abrirse paso entre los pasajeros.

"Espera", siseó Justin, agarrándola por el cuello.

Al darse cuenta de que no había forma de atravesar la impaciente multitud, se dejó detener.

Sin embargo, no estaba contenta con ello. Comenzó a gritar.

Justin esbozó una sonrisa al azar ante el mar de rostros fruncidos que se volvían hacia él.

Gritó todo el camino hasta el mostrador de aduanas.

"Pasaportes", exigió el agente uniformado.

Trudy miró hacia Justin. Él soltó la mano de Megan, que inmediatamente se dirigió a su madre. Todos observaron cómo se palpaba el bolsillo. Hizo malabares con su brazo lleno de libros y bolígrafos, y palmeó sus otros bolsillos.

El aduanero le permitió seguir la rutina. Sin embargo, cuando empezó a repasar los mismos bolsillos por segunda vez, actuó.

"Hazte a un lado", ordenó.

Hasta que todos los demás pasajeros no pasaron por el control de pasaportes, no fueron reconocidos de nuevo. Se acercó una chica con un uniforme azul claro.

Sonrió nerviosamente a Trudy. Miró con desconfianza a Megan y a Philip. Luego se dirigió a Justin.

"¿Tienen tus pasaportes?", preguntó.

"Los tenía en el avión", respondió.

Ella asintió como si lo entendiera.

"¿Los tienes ahora?", reformuló su pregunta original.

Justin volvió a darse una palmadita.

"Los tenía en el avión", repitió.

Ella le sonrió.

"¿Tal vez los dejó caer?", sugirió ella.

Justin cayó en la cuenta de que los había sujetado cuando Trudy lo había apilado con las cosas de Megan.

"Sí", sonrió. "Estaban en el avión. Me acuerdo".

"¿En el avión?", repitió dudosa.

"Sí", insistió, "lo recuerdo".

La chica negaba con la cabeza, se chupaba el labio y fruncía el ceño.

"¿En el avión?", repitió ella, sonando terriblemente insegura de que tal escenario fuera probable.

"Sí", insistió, "lo recuerdo".

Seguía negando con la cabeza, con cara de extrema duda, pero cogió un teléfono y cuando le contestaron farfulló algo rápido, en árabe.

Sus ojos no dejaron de mirar a Justin mientras hablaba. Claramente, él era el tema de conversación, y tenía la horrible sensación de que no estaba saliendo muy bien parado de esta.

"Le puede pasar a cualquiera", medio murmuró.

Le dedicó una media sonrisa. Era difícil imaginar una expresión facial más sarcástica.

La llamada se prolongó mucho más de lo necesario, pero como Justin no hablaba más que inglés, no tenía ni idea. Por lo que él sabía, podría haber estado hablando con su madre sobre el tiempo.

Veinte minutos después, le permitieron volver a subir al avión para buscar los pasaportes. Se dirigió directamente a la zona donde habían estado sentados Trudy y los niños. Metió el brazo hasta el fondo del asiento y casi no pudo volver a sacarlo. Buscó a fondo, pero no encontró nada.

Luego, con cara de desconcierto y mucho menos entusiasmo, buscó alrededor de la zona en la que había estado sentado. De nuevo no había nada. Se levantó y se rascó la cabeza.

"Extraño", pensó.

Miró hacia abajo en el plano y vio a la chica del uniforme observándole. Le sonrió. Ella le dedicó una media sonrisa sarcástica. Realmente lo tenía claro; él estaba ligeramente impresionado.

Tardó otros veinte minutos en convencerse de que no estaban allí.

"Eso es muy raro. Los tenía conmigo. Sé que los tenía".

Se acercó a la chica que le esperaba.

"No los encuentro", dijo. "Los tenía. Sé que los tenía".

Parecía derrotado.

"¿Tal vez los limpiadores se los llevaron?", sugirió.

Justin la miraba boquiabierto. Ella se hurgaba las elegantes uñas.

"¿No podías haber dicho eso antes?" pensó. *"Me has observado durante todo este tiempo. ¿No podías haber dicho algo antes?".*

"Sí, tal vez", aceptó, "Deberíamos preguntar".

Volvió a lanzarle la media sonrisa. Ahora no le impresionaba; en todo caso, le resultaba molesta.

Así que se dirigieron en silencio al salón principal. No había necesidad de palabras. Justin la siguió, y ella, sin duda, simplemente se dirigió hacia los gritos que ambos sabían que sólo podían ser de Megan.

Una vez reunidos, el pequeño grupo se dirigió ruidosamente al extremo del aeropuerto.

"No están", respondió la limpiadora a su pregunta.

Todo el tiempo, ella miraba a Megan.

"¿Qué ocurre, pequeña?", preguntó, agachándose.

En respuesta, Megan subió el volumen.

"¿Tal vez en el área de 'Cosas Perdidas'?", sugirió la limpiadora, apresurándose a ponerse en pie.

Comenzaron la larga marcha de regreso al extremo opuesto del aeropuerto.

Justin iba cargado. Llevaba su bolsa más la de Trudy, para que ella pudiera llevar a su hija.

Cuando estaban a mitad de camino, Trudy se detuvo.

"Esperaremos aquí", anunció, ocupando un asiento de plástico.

"De acuerdo", aceptó Justin.

Dejó las bolsas con ella y continuó.

Se quedó abatido en el mostrador de objetos perdidos mientras la empleada se iba en busca de su bolsa de pasaporte.

"Ella no va a encontrarlo", se dijo a sí mismo. "No me *sorprendería que ni siquiera volviera"*.

Justin echó una mirada furtiva al enorme edificio vacío. Pudo ver a Trudy en su silla de plástico.

"Dios, que hermosa", cruzó ociosamente su mente.

Megan había dejado de berrear y ahora lloriqueaba en el cuello de su madre. Philip estaba junto a ellas, con la cabeza inclinada y el flequillo ocultando su rostro. Sus dedos corrían por la pantalla de su teléfono.

"Al menos no se queja", pensó Justin.

"¿Es esto?", la chica había vuelto de su búsqueda.

Justin saltó al ser abordado tan inesperadamente.

Ella tenía la bolsa de su pasaporte.

Sonrió ampliamente. Todo el recorrido a lo largo y ancho del aeropuerto no había sido en vano, después de todo. El personal, que estaba convencido de que era completamente inútil, al final había triunfado.

“Sí”, confirmó con alegría. “Esa es”.

Podría haberla besado.

Le entregó un formulario para que lo firmara y le pasó la bolsa de tela. Abrió el botón de la solapa y barajó los pasaportes, dejando al descubierto el tercio superior de las duras tapas rojas.

Inició la marcha triunfal hacia Trudy.

“Aquí están”, declaró, sonriendo. Sabía que la noticia les alegraría.

“Eh”, murmuró Trudy.

“¿Aquí está qué?”, preguntó Megan.

“Nuestros pasaportes”.

“Oh”.

Philip ni siquiera levantó la vista.

Justin tenía más buenas noticias.

“Bueno, ¿qué hay de esto entonces?”. Sacó una hoja de papel doblada de la pequeña bolsa.

“Es un trozo de papel”, dijo Megan.

Ahora estaba recibiendo el sarcasmo de un niño pequeño.

“No”, forzó una sonrisa, “es un bono de traslado en autobús”.

Le miraron fijamente.

“¿Vamos a coger un autobús?”, preguntó Trudy.

"Sí, vamos a esperarlo", respondió, con un tono de derrota.

"Debería haber un cartel", sugirió Trudy.

"¡Allí!" Megan señaló una hilera de carteles aéreos. Uno de ellos contenía la imagen de un autobús.

La información estaba en inglés y en árabe.

"Autobuses a la izquierda", anunciaba el cartel apoyado por una flecha amarilla gigante.

"Ahí vamos", dijo. "Por ahí".

Se dirigieron en silencio a la gran puerta de cristal y Justin los guió hacia el cálido aire nocturno. Giraron a la izquierda como indicaba la flecha y casi inmediatamente Justin vio pequeños espacios numerados. Tenía que admitir que el sistema de señalización era impecable.

Podía haber espacios, pero no había autobuses. De hecho, no había vehículos, ni personas.

"Es curioso, uno esperaría que estuviera más ocupado", observó Justin.

Se detuvo y desplegó su hoja de papel.

"Debería estar en la bahía número ocho". Había un indicio de sorpresa en su voz.

Todos se quedaron mirando la bahía número ocho. No había ningún autobús. No había autobuses en ninguna de las bahías.

"Tal vez no está aquí todavía", sugirió Justin.

Trudy le dirigió una mirada de desprecio que no se molestó en intentar disimular.

La luna estaba alta. El aire nocturno estaba lleno del aroma de las bugambilias y del sonido de las cigarras. Era un mundo alejado del norte de Londres, incluso idílico, si se ignoraba el hecho de que estaban en apuros.

"¿Qué vamos a hacer ahora?", Philip quería saber.

Su situación la ignoró momentáneamente ante la sorpresa de que él hiciera una pregunta. Parecían las primeras palabras que había pronunciado en todo el día.

"¿Estás bien, cariño?", le preguntó su madre.

Megan se había desviado un poco. Podía ver alrededor del edificio del aeropuerto desde su nuevo punto de vista.

"¡Taxis!", anunció.

Se apresuraron a unirse a ella y, efectivamente, en una zona muy iluminada y concurrida del aeropuerto había una fila de relucientes coches blancos Mercedes con pequeñas luces amarillas en la parte superior.

"¿Qué lleva esa gente?", Megan quería saber.

"Son hijabs", respondió su madre.

"Quiero uno", anunció la niña.

"¡Espera!", Trudy ladró. "¡Sujeta mi mano! Vamos a coger un taxi", dijo Trudy.

Justin asintió.

Forzó una sonrisa y se acercó a la parada de taxis. Trudy la siguió un par de pasos por detrás. Megan se arrastró junto a ella, deslizando los pies por las baldosas, frenando a su madre. Philip iba en la retaguardia; miraba su teléfono.

Cuando Justin se acercó a la primera fila, la puerta de un coche se abrió de golpe. Un hombre bestial con una cabeza llena de pelo negro, grueso y brillante saltó fuera. Sonrió ampliamente,

"¿Inglés?", preguntó.

"Sí", respondió Justin.

El hombre sacó un gran cuadrado de algodón blanco y se sacudió el polvo imaginario de su gorro de forma practicada. "¿Quieres ir a la ciudad?".

"Sí".

"80 Dirham", dijo.

Justin asintió agradecido. "Está bien"", respondió.

Su equipaje fue introducido en el maletero mientras Trudy y sus hijos subían al asiento trasero.

Justin se sentó junto al conductor. Le vio girar la llave y revolucionar el motor innecesariamente.

"¿Adónde quieres ir?", preguntó el taxista mientras se alejaban del aeropuerto.

Justin sacó su hoja de papel. Hasta ahora había

tenido resultados dispares, pero no tenía más remedio que perseverar.

"Riad Rahba", pronunció las palabras con cuidado. Esperaba que el conductor le dijera que no existía tal lugar y los echara de su vehículo.

"Ahhhh, Riad Rahba". El hombre sonrió ampliamente mientras hacía sonar el claxon a un ciclomotor. Había maniobrado en un espacio minúsculo a centímetros de su rueda delantera.

Se volvió hacia Justin. "No hay problema", dijo felizmente.

Justin sonrió nerviosamente; prefería que el hombre vigilara la carretera.

"No hay cinturón de seguridad", afirmó Megan en voz alta.

"No tenemos", dijo el conductor.

"No tienen cinturones de seguridad", repitió Megan con asombro. Nunca se le había ocurrido semejante posibilidad.

"Mamá, no tienen cinturones de seguridad".

Trudy rodeó a su hija con un brazo.

"Yo seré uno para ti", dijo.

Megan sonrió.

El tráfico era denso, y Justin sintió que estaban demasiado cerca del coche de delante.

"¿Está lejos?", preguntó.

"Riad Rahba no está lejos", respondió el conductor con alegría.

Se giró para mirar a Justin a su lado.

“Bienvenidos a Marruecos”.

“Gracias”, dijo Justin mirando nerviosamente hacia delante, intentando que mirara la carretera sin criticar su conducción.

Iban a toda velocidad. Parte de cuatro carriles de tráfico se dirigían vagamente hacia el este. Había un montón de bocinazos. Los vehículos eran de todas las formas y tamaños. Un niño en patines revoloteaba por los carriles con atrevida destreza. Un camión gigante intentaba girar a la izquierda. Reinaba el pandemónium.

Era extraño que su conductor pareciera pensar que mirar por dónde iba era innecesario.

Se dio la vuelta para dirigirse a los pasajeros del asiento trasero.

“Bienvenidos a Marrakech”. Seguía mostrándose radiante.

“Gracias”, respondió Trudy.

“Mamá, me haces daño”, dijo Megan.

No se había dado cuenta de que estaba agarrando el brazo de su hija con tanta fuerza.

“Lo siento”, murmuró ella, soltando su agarre.

Trudy estaba acostumbrada al tráfico de Londres, pero nunca había visto nada parecido. Intentó no mirar.

“Deja de mirarme, mamá”. Megan frunció el ceño.

"Lo siento", volvió a murmurar.

Al cabo de un rato, el taxi empezó a ir más despacio. Luego, el volumen de tráfico hizo que pronto se redujera a una marcha lenta. Justin vio algunos camellos descansando bajo las palmeras.

"¡Mira!" dijo con entusiasmo. "Camellos".

Megan asomó la cabeza por detrás del brazo de Trudy ante esta información. Pero era tan lenta orientándose en la dirección correcta, incluso a velocidad de arrastre, que los camellos estaban en algún lugar en la distancia para cuando consiguió una orientación.

"Quiero ver los camellos", se quejó.

"Mira", Justin intentó una técnica de distracción.

Señaló hacia el cielo, y esta vez ella siguió su dedo con los ojos. Parecían estrellas cayendo al suelo. Las de color azul neón dejaban una estela al caer. Luces de juguete siendo catapultadas a lo alto del cielo nocturno. Todo el camino hacia arriba y todo el camino hacia abajo de nuevo.

Megan tenía cuatro años. No pudo evitar quedar impresionada.

"¿Qué son?", preguntó asombrada.

"Parecen estrellas fugaces", le dijo.

"¿Qué son las estrellas fugaces?".

Justin no se molestó en explicarlo.

"Creo que son juguetes", contestó.

"¿Puedo tener uno?", fue la respuesta obvia.

"Ya veremos", interrumpió Trudy.

Los juguetes de neón emanaban de una multitud en una gigantesca plaza hacia la que el taxi se acercó sigilosamente. Miles de personas se arremolinaban. Hombres, mujeres y niños de todo tipo, de todos los rincones del mundo.

Había hileras de carros pintados de colores brillantes, que mostraban alimentos aromáticos y bebidas heladas. Había tamborileros africanos, bailarines españoles y turistas de todos los puntos del planeta.

Los encantadores de serpientes ofrecían fotografías con cobras y pitones. Las ancianas ofrecían tatuajes de henna.

Todo era negociable. Nada parecía permanente. Era el epítome del caos organizado.

De repente, el taxi se detuvo. El conductor saltó con una velocidad impresionante y, en un instante, sacó el equipaje del maletero y lo apiló en la acera.

La multitud se acercó a ellos. Trudy fue la primera en salir. Le preocupaba que le robaran las bolsas. El pequeño grupo, desconcertado, bajó del coche detrás de ella. Megan se precipitó hacia su madre y se aferró a sus piernas. Parecía dispuesta a encender su alarma de pánico especial, le pareció a Justin.

El conductor se abrió paso entre un grupo de niños hacia Justin. Le tendió la mano y sonrió.

"Ochenta dirhams", dijo.

Justin le pagó la cantidad acordada y el conductor volvió a ponerse al volante, giró la llave y comenzó a acelerar el motor. La multitud se alejó del capó de su coche.

Trudy asomó frenéticamente la cabeza por su ventana para evitar que se fuera.

"¿El hotel?", preguntó.

No podía ver ningún hotel.

"Da da".

Señaló vagamente a la derecha. Una calle estrecha salía de la plaza principal.

"Da", sonrió con orgullo, "Riad Rahba".

Cuando ella se levantó para mirar, él se alejó, despejando la multitud ante él. La muchedumbre volvió a surgir como una ola cuando él pasó. Los niños con las manos extendidas se agolparon alrededor de Justin en particular, repitiendo una palabra desconocida para los visitantes ingleses. Megan comenzó a lamentarse.

De repente, una voz fuerte se elevó por encima de todas las demás.

"¡Atrás!", gritó alguien en inglés en un tono sorprendentemente alto para un hombre adulto.

El desconocido se acercó, sonriendo. Repitió su

orden. Justin se tapó los oídos. Este tipo llegó a ahogar a Megan, lo que no era poco.

"Atrás", su tono alto cortó el estruendo.

Señaló a Justin con un doble pulgar hacia arriba y una sonrisa radiante que sólo parecía enfatizar su falta de incisivos.

"¿Oye? Inglés, hablo inglés. ¿Qué te parece?" preguntó.

Justin sonrió y devolvió el pulgar hacia arriba con ambas manos.

La sonrisa del hombre desapareció para ser sustituida por una mueca de naturaleza mucho más intimidante. Corrió entre la multitud, compuesta principalmente por niños, agitando los brazos. No se esforzó demasiado en hacer contacto, y los niños de la calle no se ofendieron. Se mantenían fácilmente fuera de su alcance. Pero estaba marcando la diferencia. La multitud se redujo. Se detuvo junto a Trudy.

"Hablo inglés", afirmó de nuevo.

Giró la cabeza de un lado a otro. Observando a los recién llegados con su sonrisa radiante y sus dientes desiguales.

"Buscamos el Riad Rahba", se aventuró Trudy.

"Te llevaré", exclamó casi antes de que las palabras salieran de su boca.

"¿Estás seguro?", respondió ella con dudas.

"Por supuesto, linda. Salim te llevará". Acercó sus talones de forma militar.

"¿Tú eres Salim?", preguntó Justin.

"Yo soy, ¿y tú eres?".

"Justin", dijo. Se acercó para estrechar la mano de Salim. "Encantado de conocerte, Salim", añadió, con la intención de hacerlo.

"Esta es Trudy", señaló. Salim la miró.

"Hola", dijo.

"Hola", respondió ella.

"Este es Philip", anunció Justin.

Philip parecía encantado de contar con la ayuda de Salim. Debía estarlo porque realmente aceptaba al hombre.

"Eh", gruñó.

Salim se tocó la frente y murmuró algo en árabe.

"Y esta es Megan", dijo Justin.

Todos observaron cómo el gran hombre se ponía de rodillas y hacía desaparecer suavemente la pequeña mano de Megan dentro de su gigantesca palma.

"Es un honor para mí conocerte", declaró solemnemente.

Megan se estremeció de placer y permitió que le estrecharan la mano amablemente.

"Está cautivada", se dio cuenta Justin. *"Eso sí, yo mismo casi lo amo ahora mismo"*.

Justin le tendió la hoja de papel.

"¿Sabes dónde está este lugar?", señaló el nombre.

Salim movió el dedo.

"No necesitamos un mapa. Riad Rahba, lo conozco, todo el mundo lo conoce. Es por aquí, ven. Te daré la visita guiada".

Agarró el asa de la gran maleta y comenzó a hacerla rodar. Los pocos erizos que quedaban se separaron ante él. Se detuvo y se giró.

"Por aquí", repitió.

Trudy miró a Justin.

"¿Crees que es seguro?", preguntó con su mirada.

Justin le sonrió. No se dio cuenta de la pregunta implícita.

"Parece agradable, ¿no crees?".

Sonrió. No era una sonrisa convincente, pero estaba cansada y hambrienta.

Sus hijos no se habían movido. Estaban esperando a ver cómo se desarrollaban las cosas. Si su madre iba a hacerles seguir a un completo desconocido en un país extranjero. Después de todos los sermones que les había dado, pretendía confiarle no sólo su maleta, sino sus propias vidas.

"¿Deberíamos ir con él?", aventuró Trudy.

"Estará bien", dijo Justin.

Y pudo ver que realmente no tenía muchas opciones.

"Megan, toma mi mano", dijo.

Megan, sorprendentemente, hizo lo que se le dijo inmediatamente.

Trudy levantó una ceja asombrada hacia Justin.

"Bueno", dijo ella, "imagínate".

"Estamos compartiendo un momento", pensó Justin con alegría.

Una vez que Trudy tuvo a su hija, hizo algo que Justin nunca olvidaría. Sin ningún preámbulo ni fanfarria, deslizó su encantadora, suave y cuidada mano izquierda en la derecha de Justin y con un "Vamos, Philip, no te pierdas", había confiado en Justin.

Agradecido, la miró y sonrió, pero ella no estaba dispuesta a llegar tan lejos. Era demasiado pronto después del fiasco del aeropuerto para reconocer el enorme paso que acababa de dar.

Su corazón latía como un tambor; su pulso se aceleraba como un tren expreso. Un anhelo por ella desgarraba cada fibra de su ser.

"Esto será fantástico", se dijo a sí mismo.

CAPÍTULO DOCE

Salim golpeó su maleta a lo largo de las desiguales losas del pavimento, y luego la hizo rebotar sobre los adoquines antes de llegar a un camino de tierra, donde era arrastrada en su mayor parte.

Trudy observó horrorizada el maltrato a sus preciadas posesiones. Justin no se dio cuenta.

Salim marcó un buen ritmo. No había tiempo para observar el entorno. Diablos, parecía que tampoco había tiempo ni siquiera para mirar a la persona que tenía al lado.

A Justin no le importó. Le apretó la mano.

"Sabía que me quería", se sintió mareado de alegría. *"Esto es lo que importa",* se dijo felizmente.

Siguieron a Salim por una calle estrecha tras otra. Podrían haber estado dando vueltas en círculos. Podría haberles dado una falsa sensación de seguridad antes de llevarles a un lugar aislado donde les robarían y asesinarían y encontrarían sus cuerpos a la fría luz del día.

La idea pasó por la mente de Justin, pero decidió sabiamente no decir nada.

Estaban completamente perdidos. Necesitaban a Salim ahora. No había manera de que Justin pudiera encontrar el camino hacia el Riad.

Hizo un esfuerzo por rezumar despreocupación. Fingió que estaban en una película.

Pasaron por delante de edificios de color ocre, descoloridos y con parches de yeso. Puestos exóticos repletos de baratijas brillantes. Gigantescas vasijas de arcilla llenas de especias aromáticas y gente con trajes tradicionales maravillosamente pintorescos.

"Me encanta este lugar", decidió Justin.

"Odio este lugar", pensó Trudy.

"Es como un plató de cine", dijo.

Trudy lo miró pero se abstuvo de responder.

"Aladino", dijo Megan.

"Sí", aceptó Justin.

Sin previo aviso, Salim se detuvo.

En un momento dado, giró sobre sí mismo y los contó. Satisfecho de que todos estaban presentes y estaban bien, se puso en marcha de nuevo. Esta vez los condujo a través de la multitud. Se paseó como una madre pato. Ellos se mantenían cerca, como patitos indefensos.

Justin sintió que Trudy le agarraba la mano con más fuerza; resistió el impulso de mirarla. Lo inquietaba que la preocupación por su situación actual se reflejara en su rostro y la asustara. Se conformó con devolverle el apretón.

Siguieron a Salim preguntándose cómo habían acabado aquí. En una tierra extraña con un hombre extraño guiando el camino.

Esto no se parecía en nada al norte de Londres.

A Justin le encantaba.

"Esto es real", pensó. *"Siento que estoy vivo"*.

A su lado, Trudy también estaba sumida en sus pensamientos. *"Podría estar llevándonos a una trampa para matarnos a todos"*, razonó.

Trudy apretó la mano de Justin sin darse cuenta de que le estaba provocando una emoción sexual. Todo su cuerpo se estremeció ante la perspectiva de lo que podría ser.

"Estoy en un viaje exótico de la mano de una chica preciosa. No hay nada mejor que esto".

Trudy se convenció de que Salim iba a asesinarlos a todos por una maleta llena de ropa vieja mientras Justin no hacía nada.

Miró a su alrededor hacia el camino poco iluminado.

"Qué lugar más horrible para morir", pensó.

Salim se detuvo de nuevo.

"Les di la ruta escénica", sonrió con orgullo.

"¿Ya hemos llegado?" preguntó Megan.

"Es una verdadera aventura, ¿no?" dijo Justin.

Trudy se guardó sus pensamientos para sí misma.

Pasó por delante de Justin. Le lanzó una mirada mientras lo hacía.

"Esto no es una aventura", sugirió su mirada.

Justin se quedó mirando tras ella, desconcertado.

"Probablemente esté cansada", decidió.

"Esta es mi mejor ruta escénica", dijo Megan.

"Esto es genial", pensó Justin.

"¿A dónde vamos, mamá?", la voz de Megan irrumpió en los pensamientos de Justin.

"Al hotel", respondió Trudy. No sonaba ni segura ni convincente. "¿No es así?", se volvió hacia Justin para que la tranquilizara.

"Así es", le sonrió Justin. Ella apartó la mirada.

"Si me sonríe una vez más voy a gritar", pensó.

"Parece cansada", pensó. *"Probablemente toda la emoción"*.

"¿Ya hemos llegado?", Megan quería saber.

"Sí, mi princesita inglesa, estamos allí", le dijo Salim.

Trudy se quedó mirando atónita mientras él golpeaba una vieja y destartalada puerta.

"¿Esto es todo?", dijo Megan.

"Seguro que sí", aceptó Justin.

Un joven de la edad de Megan abrió la puerta de un tirón. Iba vestido con una túnica blanca tradicional y les saludó con la misma solemnidad que lo haría un anciano.

Salim contestó con una andanada de árabe al final de la cual el niño abrió la puerta de par en par y los hizo pasar a todos.

El interior parecía estar en un estado ligeramente mejor que la puerta.

Frente a ellos había un pequeño escritorio. En él había un teléfono fijo anticuado, un libro para que los invitados firmaran y un cenicero rebosante. Detrás había un gran sillón acolchado y, en la pared, un retrato del Rey.

Justin asimiló todo esto. Sólo cuando volvió a mirar se dio cuenta de que había una anciana enjuta sentada en las sombras a su izquierda.

"¿Tienen Wi-Fi?", preguntó Philip en voz baja.

Todos se volvieron para mirarle. Había hablado dos veces desde que aterrizaron.

Hubo una breve pausa antes de que Justin respondiera. "Voy a preguntar, ¿debo hacerlo?".

Philip asintió. Justin esperó con la respiración contenida algunas palabras de acompañamiento, pero no hubo más. Quizá había agotado su cuota por un día.

Justin se enfrentó a la anciana. "Tenemos una reservación", dijo.

Ella le devolvió la mirada, con una expresión completamente vacía.

"¿Tienen Wi-Fi?", preguntó.

Siguió mirando fijamente.

Salim soltó una andanada de palabras.

Con un suspiro indignado y una nube de polvo, la mujer se levantó de la silla. Fue detrás del escritorio y hojeó el registro.

"¿Tondidori?", preguntó.

"Sí", respondió Justin, "ese soy yo".

Salim volvió a hablar en árabe. Esta vez más tranquilo, menos entrecortado, acompañado de su sonrisa desdentada.

La anciana respondió con unas pocas palabras.

"Su nieto les mostrará sus habitaciones", tradujo Salim.

Comenzaron a recoger sus pertenencias y se prepararon para ser conducidos a sus habitaciones.

"Así que me iré", dijo Salim.

"Gracias", le dijo Trudy.

"Sí", parecía insatisfecho.

Justin se adelantó y puso unos cuantos billetes en la mano del hombre. "Gracias por tu ayuda", dijo.

Salim murmuró algo que probablemente fuera una bendición y salió en reversa del pequeño vestíbulo.

Cuando se hubo ido, el niño designado los condujo hacia arriba hasta que salieron a un tejado plano. Unas sábanas blancas se secaban con la brisa. El niño se agachó bajo ellas al cruzar el tejado. Todos hicieron lo mismo.

Se dirigió directamente a un par de puertas donde esperó a que se unieran a él y, con una extravagante floritura, abrió ambas simultáneamente. Dio un paso atrás como si esperara que su público aplaudiera.

Trudy asomó la cabeza por la primera puerta. Su nariz se arrugó y se echó atrás. En silencio, fue a mirar la opción alternativa. Era lo mismo, exactamente lo mismo.

Camas gemelas de metal, cada una cubierta con una sábana y una manta fina, anticuada y raída. El mobiliario consistía en una pequeña cómoda de tres cajones y una única silla de respaldo duro.

La cara de Trudy sugería que había esperado algo un poco más lujoso, aunque a estas alturas se conformaría de buena gana con muebles que no parecieran llevar más tiempo en la Tierra que la anciana del vestíbulo.

El niño le dijo algo a Justin.

"No sé qué estás diciendo".

"Sí. Sí", siseó el chico, asintiendo todo el tiempo,

"¿Sr. Tondidori?", lo dijo como si fuera una pregunta.

"Sí", Justin estuvo de acuerdo

El chico deslizó un par de llaves en la mano de Justin. Se inclinó como un actor a punto de abandonar el escenario, y con la más breve de las miradas hacia Megan, giró sobre sus talones y voló por las baldosas. Tomó la esquina tan rápido que Trudy se tapó la boca y jadeó. Le aterrorizaba que fuera a estrellarse contra la sólida escalera.

Megan soltó una risita; a pesar de su falta de años, de algún modo supo instintivamente que había realizado esa atrevida maniobra en su beneficio.

La niña, impresionada, corrió a mirar por encima del muro interior. El chico estaba a medio camino mirando hacia arriba, esperando que ella apareciera. Se sonrieron de forma conspiradora. Ningún adulto captó el intercambio. Y eso fue todo lo que hizo falta. A partir de ahora, eran firmes amigos.

Justin ni siquiera miraba hacia ellos.

"Vaya", dijo, mirando por encima de los tejados. "¡Mira esta vista!".

Estaban en el corazón de la antigua medina. Contemplaba la antigua ciudad amurallada en todo su esplendor. Era ruidosa, concurrida, calurosa y rebosante de vida.

"¡Mira!", señaló.

"Esto les va a encantar", pensó.

Llegaron lentamente, pero llegaron.

"Eh", dijo Philip aparentemente poco impresionado.

"Está en lo alto", dijo Megan.

"¿Has visto estas habitaciones?", preguntó Trudy. Le hizo una seña para que viniera a verlas.

"¿Qué tienen de malo?".

"¿Cuándo fue la última vez que viste mantas así?".

"No sé, creo que mi abuela tenía algo parecido".

"Exactamente".

Él la miró, confundido. "Eh, sí". Sonrió. "Oh, mira, genial, tenemos persianas".

Había ventanas enrejadas que daban a la terraza.

Trudy sacudió la cabeza con incredulidad. Se dirigió a una puerta situada en la pared del fondo. Un rápido vistazo confirmaba que contenía una vieja y mohosa ducha y un retrete al estilo de los años setenta. No entró.

Justin había salido a la terraza. Ahora asomaba la cabeza por la ventana enrejada.

"Hola", bromeó mientras ella se alejaba del baño.

"Sí". Sonrió pero no parecía especialmente divertida.

"Megan y yo tomaremos esta". Indicó la habitación de la izquierda. "¿De acuerdo?", añadió como una idea tardía.

Justin asintió. "Claro", dijo. "No nos importa, ¿verdad, Philip?".

Philip se encogió de hombros.

No había mucho que decir. Ahora que sabía cuál era su habitación, Philip atravesó la puerta designada y se desplomó en la cama más cercana. Antes de que el polvo se asentara a su alrededor, ya estaba toqueteando su teléfono.

"Tratando de conseguir Wi-Fi, ¿verdad?", preguntó Justin.

Philip lo miró, pero se negó a responder.

Justin tiró su pequeña bolsa en la cama vacía.

CAPÍTULO TRECE

A la mañana siguiente, Justin se despertó por un grito. Saltó de la cama y salió corriendo a la terraza de la azotea justo a tiempo para ver a Megan gritar de nuevo.

Justin contempló la escena que tenía ante sí y, aunque eran gritos de excitación, se cubrió la cara de horror.

Corría a toda velocidad, con los bracitos extendidos como las alas de un avión. Giró a la derecha y a la izquierda, y echó una mirada al joven que les había enseñado las habitaciones la noche anterior.

De repente tenía sentido. Seguía siendo un accidente a punto de ocurrir, pero al menos tenía sentido.

A poca distancia de Megan, la ropa fresca había

sustituido a las sábanas de la noche anterior. El agua goteaba sobre las brillantes baldosas de cerámica.

Para ser tan pequeña, se estaba comiendo el espacio. Era bastante impresionante, sólo una lástima que no se diera cuenta de la inminente perdición.

"Oh, mierda", pensó Justin justo cuando Trudy apareció a su lado.

Al igual que él, ella se percató de la escena de un vistazo y, al mismo tiempo, se dio cuenta de que su hija estaba en un grave problema y que estaba tentadoramente fuera de su alcance.

Las manos de Trudy se levantaron para cubrir su boca. Gritó algo, cuya primera parte fue "Des...".

"Probablemente quería decirle que fuera más despacio". A Justin le gustaban los juegos de adivinanzas consigo mismo, incluso en los momentos más inapropiados.

Uno al lado del otro, observaron impotentes.

Había una tortuga en el extremo del patio. Su forma oscura destacaba sobre las limpias baldosas blancas.

"Azulejos limpios y mojados". Justin miró el charco entre Megan y la tortuga.

Ella golpeó el charco a toda velocidad. Nunca tuvo una oportunidad. Perdió la tracción y patinó de lado. Ajustó su equilibrio de forma admirable y, por un breve momento, pareció que iba a realizar una maniobra imposible.

Dobló las rodillas, bajó su centro de gravedad. Corriendo por puro instinto, el chico hizo todo según las reglas.

Fue un esfuerzo valiente pero inútil. Se estrelló contra la esquina de una sólida mesa de hierro. Esto la obligó a detenerse de inmediato, y los lamentos de dolor comenzaron antes de que cayera por completo al suelo.

El chico marroquí fue el primero en llegar a su lado.

"¿De dónde ha salido?", se preguntaba Justin. *"¿Por qué no se cayó?"*.

El chico parloteaba con tal preocupación en su rostro que realmente los desconcertó a todos, incluso a Megan.

"No puede estar tan malherida", evaluó Justin mientras se acercaba, *"o todavía estaría gritando"*.

"¡Megan!" Trudy empujó a Justin a un lado en su prisa por llegar a la escena.

"Un poco grosero", pensó.

Se agachó junto a su hija, esperando lo peor, huesos rotos y viajes a hospitales del tercer mundo.

Increíblemente, la niña parecía estar bien. Su nuevo amigo tenía todo bajo control.

Megan no entendió sus palabras. No importaba.

Tenía toda la atención de un desconocido. Era la primera vez para ella.

Señaló su rodilla.

Lo inspeccionó suavemente.

Señaló su mano. Él la tomó con gran respeto y la examinó a fondo.

Justin se acercó junto a Trudy.

"¿No son simpáticos?", dijo.

Ella lo miró y sonrió. Era una sonrisita nerviosa e insegura que Justin interpretó como una luz verde.

Él le pasó el brazo por los hombros y, en parte por la sorpresa y en parte por el alivio, ella no lo apartó.

Se quedaron en silencio, dejando que la escena que tenían delante se desarrollara.

Justin sintió una perversa satisfacción por la proximidad. Medio sabía que se estaba aprovechando de ella, pero no era nada con lo que su conciencia no pudiera vivir.

Vio cómo Megan señalaba la tortuga. El chico se levantó y se la acercó.

Ahora estaba radiante, y el impacto del golpe contra la mesa parecía haber sido sustituido por la alegría de tener un nuevo compañero de juegos. Uno que parecía satisfecho de hacer su voluntad.

Tomó la tortuga ofrecida, que inmediatamente retiró la cabeza.

Los dos niños se miraron antes de estallar en carcajadas. El incidente con la mesa ya había quedado muy atrás.

El almuédano comenzó a ulular, llamando a los fieles a la oración. Justin miró a Trudy.

"Esto es realmente exótico", pensó. *"A ella le tiene que encantar esto"*.

Trudy le sonrió.

"¿Crees que está bien?", preguntó, señalando con la cabeza a la hija, que parecía haber olvidado que estaban allí.

Justin asintió.

"A mí me parece que está bien", dijo.

"Parece que estaba fingiendo", pensó.

Esto era lo que había estado esperando. Ya estaban abrazados, sus labios estaban a centímetros de distancia, Justin se inclinó para el beso.

"¡Mamá mira!".

Megan levantó la tortuga para mostrársela a su madre y el momento pasó.

"Es preciosa, cariño", respondió Trudy,

"¿Puedo quedarme con ella?".

"Vive aquí, nena".

"¿Puedo jugar con ella?".

"Tal vez puedas jugar con eso una vez que tengamos nuestras habitaciones ordenadas".

"¡Es «ella», mamá, no una «cosa»!", ella frunció el ceño.

"Lo siento, «ella». ¿Tiene un nombre?".

Megan se giró y solemnemente, muy despacio, le preguntó al chico en inglés.

Se sonrió. "Yas", respondió.

"Se llama Yaya", parafraseó ella.

"Tú juega con ella, yo arreglaré nuestra habitación".

Todo lo demás se olvidó cuando la tortuga volvió a asomar la cabeza tímidamente. Al no percibir ningún peligro inmediato, sus patas sobresalieron y comenzaron a agitarse de un lado a otro.

"¡Mira, mamá!" chilló emocionada. "¡Le agrado!".

"Es preciosa, cariño", dijo Trudy, ya dándose la vuelta. Caminó hacia las dos habitaciones

"¿Cómo estuvo tu habitación?", preguntó él.

"¿Qué?".

"Ya sabes, ¿dormiste bien?".

Trudy le dirigió una mirada que sugería que había perdido la razón.

Justin volvió a su habitación.

"¿Quieres echar un vistazo?", le preguntó a Philip.

El adolescente levantó brevemente la vista, sacudió la cabeza y volvió a bajar la mirada hacia su pantalla.

"¿Te importa si lo hago?".

La pregunta de Justin fue recibida con un encogimiento de hombros.

Fue entonces cuando oyeron gritar a Megan. "¡Me ha mordido!" gritó. "Me mordió".

Justin fue a ver qué había pasado.

Trudy estaba delante de él.

El chico marroquí se adelantó a los dos. Observaron cómo inspeccionaba su mano una vez más. Claramente, no había ningún daño real. Una vez más, ella se sintió tranquila por su atención exclusiva. Trudy sonrió a Justin mientras lo observaban.

Escucharon al niño parlotear suavemente con ella. Observaron cómo los niños se burlaban de la barrera lingüística.

"Se entienden perfectamente", dijo Trudy.

Mientras los muecines ululaban a su alrededor, Justin deslizó casualmente su mano en la de ella.

"Sí", aceptó.

Ella se alejó.

"Voy a deshacer la maleta y a darme una ducha. ¿Está bien si vigilas a Megan?", sonrió. Pero él pudo notar, por la forma en que había soltado las palabras, que la había puesto nerviosa.

Justin asintió. "Por supuesto", dijo.

Se sentó a la sombra y se ajustó la erección de sus pantalones. Los tejados de la ciudad vieja se agolpaban a su alrededor. Justin observó lo compactas que eran las condiciones de vida. Escuchó la llamada a la oración, se deleitó con lo exótico de todo ello.

Entonces vio que algo se movía en el tejado vecino. Era un gato. Lo observó tumbado en la sombra. Y cuando sus ojos se adaptaron a la luz, vio otro. Se acercó al borde del tejado y escudriñó a su alrededor. Había gatos por todas partes.

"Tienen su propio mundo de gatos aquí arriba. Pueden cubrir toda la ciudad sin tocar el suelo", se dio cuenta.

Cuanto más miraba, más veía. Siluetas felinas que holgazaneaban a la sombra de las chimeneas rotas y de multitud de antenas parabólicas. Simplemente relajándose bajo la intensidad del sol africano.

Justin podía oír el bullicio de la gente de abajo. Sus fosas nasales captaban los olores desconocidos del bazar y el zoco, y se alegró.

"Esto es vivir de verdad", se dijo a sí mismo, sonriendo sin darse cuenta de que lo hacía.

Observó a un gato cansado de la batalla que se estiró en una cornisa. Estaba claro que era el rey de todo lo que veía.

"Se queda ahí todo el día, sin duda", reflexionó Justin.

"¿Qué estás mirando?", quiso saber Megan al aparecer a su lado.

Justin se dio la vuelta y le sonrió. Saludó con una inclinación de cabeza al chico marroquí que acechaba por encima de su hombro.

"¿Cómo se llama?", preguntó Justin.

"Malik", dijo ella con toda naturalidad.

Justin sacudió la cabeza, ligeramente divertido, *"¿Cómo demonios lo sabe?",* se preguntó.

"¿Qué haces?", volvió a preguntar.

"Estoy viendo gatos", le dijo.

"Me gustan los gatos", declaró ella y se subió a él.

Justin no estaba acostumbrado a los niños. No tenía ni idea de que no se debía animar a los niños de cuatro años a subirse a los tejados.

El niño Malik parecía tener una comprensión mucho mejor de la situación. En silencio, se deslizó hasta la habitación de Trudy y golpeó la puerta.

Cuando ella apareció, no tuvo más que echar un vistazo a Megan.

Trudy chilló.

"¡Bájala!".

Recorrió la corta distancia y cogió a Megan en brazos.

"¿Qué estás haciendo?", preguntó.

"Sólo miraba los gatos, mamá".

Justin estuvo a punto de añadir algo, pero la mirada que le lanzó Trudy le hizo pensarlo mejor.

"No dejes que se suba", le regañó.

"Dios, ¿cuál es su problema?", se preguntó.

Con sus sentimientos ligeramente heridos, se dirigió a la habitación que compartía con Philip. Asomó la cabeza por la puerta para ver al adolescente todavía sentado en su cama. Con la cabeza agachada y los dedos corriendo por su teléfono.

"¿Qué haces?", preguntó Justin.

Philip levantó la vista, como si estuviera a punto de hablar. Justin esperó con la respiración contenida.

"¿Estamos a punto de tener una conversación?".

Philip parecía estar a punto de hablar, pero en el último momento decidió no hacerlo. Sacudió la cabeza con nostalgia y volvió a su juego o a su mensaje de texto o a su chascarrillo o a lo que sea que hagan los chicos en estos días.

Justin también parecía estar a punto de hablar. Sin embargo, prefirió no hacerlo. Sonrió inútilmente y volvió a salir a la azotea.

"Necesito hacer una anotación", decidió.

CAPÍTULO CATORCE

Al volver al sol, lo primero que escuchó fue a Megan preguntando si los gatos comían tortugas.

"No, querida, no podrían atravesar el caparazón".

Sonrió ante la paciente respuesta de Trudy.

"¿Qué comen?".

"Comen pescado, querida, ya lo sabes".

"Oh sí, pez, lo sabía".

"Eres muy buena con ella", dijo, acercándose a ellas.

La mirada que le dirigió no era del todo fría.

"Definitivamente le gusto", pensó.

"¿Puedo ver si lo quiere?".

Megan no estaba convencida de que los gatos no comieran tortugas.

Su madre negó con la cabeza, y la niña suspiró teatralmente. Malik se echó hacia atrás, con una mirada a medio camino entre la preocupación y la adoración.

“Me preguntaba si querías ir a comer”, preguntó Justin.

“Quiero lavarme el cabello primero”.

“¿Te importa si voy a dar un paseo?”.

Se encogió de hombros sin mirarle.

“¿Qué significa eso?”, se preguntó.

La llamada de los minaretes había cesado no hace mucho. Todos los buenos musulmanes estarían en las mezquitas.

“Así que, por definición, todos los malos no lo harían”, racionalizó.

“Entonces me voy a ir”. Su comentario quedó sin respuesta. “No tardaré mucho”, añadió desde lo alto de la escalera.

CAPÍTULO QUINCE

Abajo no había nadie. Giró el pomo de la puerta y se escabulló por el estrecho callejón empedrado, prácticamente desierto. Caminó hasta el final y giró a la izquierda, alejándose de la plaza principal, de los lugares turísticos.

Pronto los puestos cambiaron. Pequeños supermercados, un cibercafé, una tienda de soldaduras y un lugar para reparar carros de burro sustituyeron a los puestos de recuerdos de cerámica y camisetas de Marrakech.

Justin llegó a otro cruce. En lo alto, colgado entre dos edificios opuestos, había un gran cartel naranja. Se detuvo y echó un vistazo a su alrededor para orientarse en el viaje de vuelta. Luego continuó adentrándose en el laberinto de calles estrechas.

Un poco más adelante vio lo que buscaba. Jóvenes locales merodeando, dos tipos parados en la entrada de un viejo y sucio callejón con el mismo aspecto sospechoso que tendría cualquier gato con un cubo lleno de crema.

"Ajá". Justin sonrió y se acercó. "Los *traficantes*", pensó. "*¿Cómo funcionaría el mundo sin ellos?*".

El más pequeño de los dos jóvenes captó la atención de Justin y levantó discretamente la barbilla de forma inquisitiva.

Justin asintió, y ya se dirigía hacia ellos. El traficante se alejó un poco más entre las sombras. Se detuvo y se rascó un picor inexistente en el hombro.

"¿Esto estaría bien?", se preguntó. *"Depende de si quieres drogarte"*, fue la respuesta.

No había mucho que decir a eso. Obviamente, la respuesta era sí, definitivamente lo quería. Cualquier lógica, los «porqués» no entraban realmente en su proceso de decisión más allá de esa breve pizca de duda inicial.

Con poco más que una sonrisa de protección, siguió al traficante hacia las sombras.

El segundo tipo lo ignoró al pasar Justin. Era un tipo alto y silencioso. Recorrió la multitud, actuando como si todo esto no fuera de su incumbencia. Como si por casualidad estuviera al lado de un traficante de drogas.

Comprobó subrepticiamente si había algo extraño entre la multitud. No vio policías, ni militares, ni problemas. La gente que pasaba por allí hacía un trabajo espectacular al ignorarle por completo. Sabían cuándo alguien estaba tramando algo malo. La amarga experiencia les había enseñado que era mejor mirar hacia otro lado. Tenían sus propios problemas. No querían involucrarse.

Justin se acercó casualmente a su nueva conexión.

El traficante iba vestido con un chándal Puma y zapatillas deportivas Nike. Llevaba el pelo engominado hacia atrás con unas impresionantes ondas oscuras y lustrosas, y en la muñeca llevaba un reloj de oro macizo.

"¿Inglés?", preguntó.

Justin lo había visto todo antes. Había comprado drogas en las esquinas desde Londres hasta Lima. Sabía cómo funcionaba.

El tipo silencioso y más alto era el músculo. Probablemente tenía un cuchillo escondido en la manga.

El más pequeño era el vendedor. Manejaba algunos idiomas. Inglés, francés, español, probablemente también ruso y chino. Se le daban bien los números, era rápido ajustando los precios en función de lo lejos que consideraba que estaba cada turista. Y lo que es más importante, estaba dotado de una sonrisa de muerte.

"Sí", admitió Justin, "inglés".

"¿Cocaína?", preguntó el tipo.

Justin negó con la cabeza. "No", respondió, "hachís".

Con un hábil movimiento del brazo, un pequeño trozo de hachís que debía estar en la manga apareció en la mano del joven.

Justin sonrió. Reconocía la buena mierda cuando la veía.

El concesionario le devolvió la sonrisa.

"¿Es bueno?", preguntó Justin.

Pensó que también podrían pasar por las formalidades.

"Muy bueno, muy suave".

El vendedor lo hizo rodar entre sus dedos para comprobar que era realmente blando y flexible. Se doblaba como la plastilina.

"¿Cuánto cuesta ese trozo?", preguntó Justin.

"Cuatrocientos dirhams", respondió el joven en un instante, sin que la sonrisa fácil abandonara sus labios. Se lo ofreció.

Justin lo cogió y lo apretó.

"Te daré tres", dijo de mala gana.

"Está muy bien", fue la respuesta.

"Trescientos", repitió, sacando exactamente

trescientos dirhams de su bolsillo y ofreciéndoselos.

El joven sonrió.

"De acuerdo", dijo, tomando el dinero en efectivo. "Vuelve otra vez, «Inglish»".

"Lo haré", aceptó Justin por encima del hombro.

La multitud se separó, aunque ni uno solo de ellos reconoció su repentina presencia entre ellos. Se alejó tranquilamente mientras todos los presentes fingían ignorar por completo que acababa de producirse un tráfico de drogas.

CAPÍTULO DIECISÉIS

Justin subió las escaleras. Le apetecía una bebida fría y un buen porro. Un buen par de horas de tranquilidad hasta que se fuera el calor del sol y luego quizás un paseo por la plaza del mercado.

Hacía calor, y su misión estaba cumplida, era hora de relajarse.

En cuanto asomó la cabeza al nivel de la terraza, Trudy lo vio.

"¿Dónde has estado?", quiso saber. "No hay secador de pelo", añadió, dando a entender de algún modo que eso era importante.

"Tu pelo está precioso". Le sonrió para demostrarle que lo decía en serio. *"A todas las mujeres les gustan los cumplidos"*, pensó.

Respiró profunda y controladamente. Pero

antes de que pudiera responder, apareció Megan.

"Tenemos hambre", dijo la pequeña. "Queremos ir a comer".

Justin frunció el ceño. Parecía estar sugiriendo que ajustara sus planes para adaptarse a otras personas.

"Tenemos hambre, ¿verdad, mamá?", Megan continuó.

"Puedes esperar cinco minutos, ¿no?", preguntó Justin.

La niña lo estudió seriamente, como si estuviera considerando su pregunta. "De acuerdo", aceptó, giró sobre sus talones y fue a reunirse con Malik.

Los niños tenían un nuevo juego: se inclinaban sobre el borde del tejado y se señalaban unos a otros los gatos.

"¿Por qué necesitas cinco minutos?", preguntó Trudy.

Ya estaba sacando una silla y acomodándose en la mesa.

Sacó un paquete de rizla de su bolsillo.

"Un porro rápido", respondió.

Trudy no dijo nada, pero si Justin se hubiera molestado en mirar, se habría dado cuenta de que no parecía muy contenta.

"¿Hay algo para beber?", preguntó sin levantar la vista.

"Agua", respondió Trudy con sarcasmo, queriendo decir que hay agua en el grifo.

"Oh, eso sería genial", dijo. "¿Podrías ponerle hielo?".

"¿Hielo?", sonaba incrédula.

Ahora, Justin la miró, por primera vez en toda la conversación. "Sí", respondió. "Podrías preguntarle al chico o bajar a recepción". Le sonrió y volvió a prestar atención al paquete que enrollaba, por lo que se perdió el giro de ojos que casi arranca las retinas de Trudy de sus órbitas.

Una vez que se encendió y dio una feliz calada, los ojos de Justin se posaron en Malik y Megan inclinados sobre el techo.

"¿Están bien tan cerca del borde?", preguntó.

Trudy lo miró fijamente, luchando por morderse la lengua.

Él miraba hacia otro lado, felizmente inconsciente de que ella se había ofendido.

"Sólo tú lo sabes, es mejor estar seguro".

"Creo que sé lo que es mejor para mi propia hija", siseó Trudy.

Eso llamó su atención. Se dio la vuelta y, al ver la expresión de su rostro, deseó no haberse molestado.

"Sí, claro", dijo con desparpajo.

"Parece un poco duro", reflexionó. *"¿Es seguro o no? Sólo que antes parecías pensar que era un gran*

problema. Sólo tienes que decidirte, eso es todo lo que pido, Jesús, tranquilízate chica".

Apenas había empezado a calmarse, a obtener todo el beneficio de la droga, cuando Megan soltó un grito.

Trudy corrió hacia su hija. La cogió en brazos. Justin se acercó a ellas. Pensó que era lo mejor. Parecía que era lo correcto. Aunque nadie parecía esperar que le dieran un poco de paz y tranquilidad, oh no, estos niños, son todos yo, yo, yo. *"¿Qué hay de mí, para variar?",* Justin se sintió agraviado.

Se apretó al lado de Trudy y se unió a ella para mirar por el lado del edificio. El conejo de juguete de Megan yacía desparramado tres pisos más abajo. Sus extremidades y orejas se retorcían en ángulos imposibles. Parecía un cadáver. Un cuerpo pequeño, un niño quizás.

Justin miró hacia Trudy. Estaba a punto de hacer un comentario sobre los niños que juegan en los límites de las cosas, pero una mirada a su cara y cambió de opinión. Sólo que ahora sabía que él iba a decir algo, ahora tenía que decir algo.

Exhaló una enorme bocanada de humo y, forzando su expresión para mantenerse neutral, preguntó: "¿Vamos a comer entonces?".

"Voy a fingir que todo está bien", decidió. "Es *la manera inglesa".*

Justin se asomó de nuevo al borde, por lo que no vio la mirada que Trudy le dirigió. También se perdió la maldición que murmuró, con el volumen ensordecedor de los gritos de Megan.

"Entonces es el fin del conejo", conjeturó casualmente justo cuando Megan hizo una pausa para respirar. Todos lo escucharon.

La desconsolada niña volvió a gritar con renovado vigor. Trudy puso los ojos en blanco hasta el punto de que le dolió y, de alguna manera, se las arregló para guardarse sus opiniones.

Justin tomó su silencio como prueba de que estaba de acuerdo con él. Tiró la ceniza a un lado y se acercó a ella.

"¿Cuál es el problema?" preguntó. "Sólo es un juguete desaliñado".

"Lo tiene desde el día en que nació", respondió Trudy.

"Oh", dijo, y por su tono, se dio cuenta vagamente de que eso significaba algo, y se suponía que debía saber qué. Se sintió un poco como si ella lo estuviera juzgando, llamándolo estúpido. Quiso protestar por su inocencia. No tenía hijos, ¿cómo iba a saber lo que ellos consideraban importante o no? Pero admitió a regañadientes que tal vez no era el momento adecuado.

En cambio, fue a consolar a la angustiada niña.

"No pasa nada", le aseguró, dándole unas

palmaditas en los hombros.

La sorpresa puso fin a sus lamentos. Nunca había sido, ¿qué era eso?, acariciada como un perro. Miró la cara de Justin.

"Kimmy", dijo ella en un susurro apenas audible.

"¿Quién es Kimmy?", Justin estaba confundido ahora; creía que la cuestión era el juguete.

"Kimmy, mi conejo. Sabes que se llama Kimmy, te lo dije en el hotel".

"Sí, sí, por supuesto", respondió.

Recordó que ella le mostraba los juguetes que traía de vacaciones. Ella había volcado toda la bolsa sobre la cama en el momento más inoportuno, si no recordaba mal. Aquella noche en el hotel le parecía ahora muy lejana. Sólo habían pasado cuarenta y ocho horas.

"Lo recuperaremos", dijo Justin.

"¡Es ella!", Megan gritó.

"Sí, ella, la recuperaremos".

El volumen de la niña bajó un poco.

"¿De verdad?", acabó balbuceando entre lágrimas.

"Por supuesto", respondió Justin, resoplando. "Sólo dame un poco de tranquilidad. Déjame pensar".

La niña guardó silencio y le miró esperanzada a la cara. Él había ofrecido un rayo de esperanza.

Estaba dispuesta a aceptar cualquier cosa que él tuviera.

Se fumó el porro hasta la colilla y la tiró por la borda. Había estado pensando, pero no se le ocurría nada.

"¿Conseguimos otro?".

Los gritos se reanudaron, subiendo de tono.

"Esto es una pesadilla". Se inclinó sobre el borde, consideró por una fracción de segundo si podía bajar o enviar al pequeño.

"Si tuviéramos una escalera", dijo, *"y otro porro",* pensó.

Megan corrió al lado de Malik y de alguna manera le hizo entender que necesitaban una escalera.

Así que en lugar de hacer otro porro, uno que necesitaba urgentemente para calmar sus nervios, por cierto, estaba siendo arrastrado por una escalera y hacia la calle por un par de niños pequeños.

A dos calles de distancia, Malik se detuvo y sacó una lona de una escalera.

"Aquí", sonrió.

"Ya está", declaró Megan. "Ahora podemos recuperar a Kimmy".

Justin se acercó a la escalera; le pareció bastante estrecha. La levantó a medias para comprobar su peso.

"No estoy seguro", dijo, dándose la vuelta.

Fue entonces cuando se dio cuenta de que estaba hablando solo. Los niños se habían ido, de vuelta al Riad sin duda. Se esperaba que él recuperara el juguete, lo cual ya era bastante malo, pero se esperaba que lo hiciera por su cuenta.

"Estos chicos me toman el pelo", *se* dijo a sí mismo.

Una hora después, reapareció en la terraza. Había vivido una pesadilla. Una multitud se había reunido para ver cómo se raspaba la espinilla, se golpeaba la cabeza y le salía una especie de moho por toda la frente. La población local parecía encontrar todo esto muy divertido.

Ahora estaba de vuelta, y había tenido éxito. Esperaba una gran simpatía.

"¡Ta-raaa!", Justin les mostró el juguete. No tenían que tratarlo como un héroe que regresaba. Sólo si querían hacerlo.

"¡Mía!".

Megan se lo arrebató y salió corriendo.

"De nada", dijo Justin tras ella.

La niña de cuatro años lo ignoró totalmente. Se sentó en el suelo a la sombra, hablando con su conejo.

"¿El hombre horrible te sujetó por la pierna?" dijo ella.

Justin se paseó despreocupadamente hacia

Philip.

"¿Tienes hambre?", preguntó.

Philip se encogió de hombros mientras sus dedos pasaban por la pantalla de su teléfono.

Justin miró a su alrededor.

"¿Dónde está tu madre?", preguntó.

Philip volvió a encogerse de hombros.

Justin ya no se sentía como el héroe que regresa. Se sentó y se lió un porro.

Una vez que sopló el humo por los tejados, empezó a sentirse más tranquilo. Los sonidos del bullicio de la ciudad de abajo se elevaron para atrapar su oído. Las especias y la mala fontanería se combinaron para asaltar sus fosas nasales. Sintió un cosquilleo de alegría, simplemente por estar en África.

"Esto es brillante, ¿no crees, Philip?".

Philip se encogió de hombros sin levantar la vista.

En su pequeña habitación, Trudy le oyó llamar por su nombre. *"Oh Dios, ha vuelto"*, pensó.

"Salgo en un minuto", dijo ella.

Justin resopló. *"Probablemente se esté empolvando la nariz"*, decidió.

Justin conocía la frase, aunque no tenía ni idea de lo que significaba realmente. Lo que las mujeres hacían en privado era un completo misterio para él.

"Sé positiva"", se repitió Trudy. *"Megan ha hecho un amigo. El sol brilla". Se* estaba justificando a sí misma un total sin sentido. Tenía que hacerlo.

Volvió a ponerse a hacer yoga y se concentró en su respiración. Sabía cómo tranquilizarse, al menos en apariencia.

"Las apariencias son importantes", se recordó a sí misma. *"A veces hay que fingir para conseguirlo".*

Había estado fingiendo toda su vida, ¿qué diferencia habría en unos pocos días más? Y era por el bien de Philip y Megan.

Trudy estaba dispuesta a hacer un frente valiente, a fingir. Tenía que hacerlo; si reconociera la realidad ahora, probablemente la llevarían gritando en una ambulancia.

Oyó a Justin decir algo en la terraza. No las palabras, sólo su voz. Le dieron ganas de hacerse un ovillo en la cama.

"¿En qué estabas pensando?" se reprendió por enésima vez aquel día.

Justin era un completo idiota. Eso era obvio. No sólo por sugerir este accidente de venir, en primer lugar, sino peor, mucho peor, no tenía ninguna habilidad social. ¿Cómo no se dio cuenta antes?

"Lo hiciste", se recordó a sí misma. *"Lucy te hizo creer que estabas haciendo el ridículo. Espera a que vea a esa chica, no se librará de esto".*

"Mamá", llamaba Megan desde fuera.

"¿Sí, querida?".

"¿Le damos a la tía Lucy una tortuga?".

"No, querida".

Trudy se agarró con fuerza a las piernas y se acurrucó en posición fetal.

Justin había hecho otro porro. Iba por la mitad. Había descubierto que moviendo su silla y dando la espalda a Megan, Malik y Philip, podía bloquearlos, soñar despierto en paz.

"Nos casaremos en abril y haremos una larga luna de miel, viajaremos por el mundo. Estaríamos los dos solos. Philip es prácticamente lo suficientemente mayor como para irse de casa. En cuanto a Megan, ¿qué tan caros pueden ser los internados? Todo el mundo dice que los colegios decentes son mejores para los niños a largo plazo".

La mención de Lucy no había ayudado al comportamiento de Trudy. Su amiga había insinuado que tal vez este viaje conduciría a algo más serio, incluso a campanas de boda.

En este preciso momento, la idea de estar en el altar diciendo "Sí, acepto" junto a Justin le erizaba la piel.

Fumar hachís fuerte hizo que Justin perdiera la

noción del tiempo. Pasó otra hora antes de preguntarse seriamente qué era lo que retenía a Trudy.

"¿Nos vamos?", gritó hacia su habitación.

"Ya voy", fue la respuesta.

"¿Parece que está llorando?" se preguntó. *"Está bien",* decidió, apagando el cigarrillo.

Se levantó y se preparó para llamarla de nuevo. No le hizo falta. Ella apareció en la puerta y tenía un aspecto increíble. Sólo necesitó una mirada, y Justin estuvo seguro de que era la elegida.

Megan estuvo al lado de su madre en un instante. "¿Podemos ir a la playa?".

Ambos miraron a la niña. Justin no iba a decirle que la playa más cercana estaba a kilómetros de distancia. Se guardaba esa información para el momento oportuno.

Volvió a mirar a Trudy. No pudo evitarlo; se veía tan hermosa.

Trudy sintió sus ojos sobre ella y levantó la vista. Se puso un par de gafas de sol. Por detrás de ellas, observó su expresión de cachorro bobo y sus ojos inyectados en sangre. Se dio la vuelta.

"Philip", dijo ella, "vamos a comer. Anda".

El adolescente se puso en pie sin arriesgarse a apartar la mirada de su pantalla.

"Es una verdadera aventura, ¿no?", preguntó Justin alegremente.

Nadie respondió. Bajaron las escaleras.

Por la misma razón que la viuda en un funeral lleva un velo, Trudy se aseguró de estar delante, para que nadie pudiera leer la expresión de su rostro.

Megan saltó detrás de ella, haciendo rebotar el conejo con fuerza en la barandilla a cada paso. Le cantaba al juguete *'round and round the roses'.*

A Justin le recordaba la secuencia de una película sangrienta de terror. Eso le inquietaba.

Philip, como siempre, estaba en piloto automático. No podía mirar a sus pies, mirar por dónde iba, porque cualquier cosa de importancia en el mundo estaba girando en la pequeña pantalla justo delante de sus ojos y no se atrevía a arriesgarse a perderse nada.

Justin se quedó atrás. Sonreía para sí mismo.

"Parecemos una familia", pensó, y la idea le pareció bastante atractiva.

A todos los efectos, eran una familia, supuso.

Tenía que reconocer que aún no estaban exactamente unidos, y que tal vez no se comunicaban mucho, y sí, Trudy parecía más callada que en Londres. Así que, en definitiva, si era sincero, formaban un grupo bastante extraño.

"¿No lo hacen todas las familias?" se dijo. *"Somos personas normales como cualquier otra".*

CAPÍTULO DIECISIETE

Una vez que estuvieron fuera, Justin hizo una sugerencia: "Vamos a la plaza principal, ¿de acuerdo?".

Trudy sonrió, asintió y tomó a Megan de la mano. Se quedó atrás, dejando que Justin guiara el camino.

"Aww, me está sonriendo de nuevo", notó. *"Definitivamente le gusto".*

Se sentía engreído. *"Le gusto mucho",* asumió de otra forma.

Sólo tardaron un par de minutos en recorrer las estrechas calles atestadas de gente, y llegaron al amplio espacio de la bulliciosa enorme plaza. El olor a ajo y el humo aromático de las estufas de leña salían de los apretados puestos de comida a través de las filas de comensales sentados en duros bancos de madera. Era algo auténtico, pero extremadamente turístico.

Una pareja alemana vestida de manera informal y elegante se encontraba con una familia de británicos vestidos con las camisetas de la temporada pasada del Birmingham City. Los padres británicos preguntaban en voz alta cuánto habían pagado los alemanes por sus vacaciones y si la bebida estaba incluida en el hotel.

Un par de jóvenes italianos vestidos locamente, se las ingeniaron para sentarse frente a la mesa de un par de guapas señoritas.

Todo el mundo quería algo que no podía definir. Algo especial, memorable, la quintaesencia de Marruecos. Todos tenían estofado, pan plano y Coca-Cola, tal vez Fanta naranja si tenían suerte. Y todos se servirían antes de las diez de la noche, porque a las diez y media los inspectores vendrían a multar a cualquier establecimiento de comida que no hubiera sido desvalijado y trasladado fuera de la plaza.

Una vez alimentados los turistas, se necesitaba el espacio para el siguiente turno. Era el momento de los encantadores de serpientes, los tatuadores de henna y los vendedores de bolsos y cinturones. Pero por ahora, la comida estaba en el orden del día.

Los jóvenes abordaban a Justin cada pocos metros.

"Aquí, aquí", decían señalando un grupo de asientos vacíos.

Las frases «¿Pollo, señor?» o «Muy fresco, muy fresco» les seguían a través de las estrechas hileras de carne chisporroteante y artículos de ensalada bellamente expuestos. Los ruidos y los olores les llegaban de todas partes.

Naturalmente, Megan se sumó a la contienda.

Había soltado la mano de su madre y sabía que, mientras se mantuviera a su alcance, se le permitiría conservar su libertad. Ya estaba aventurándose, descubriendo los límites de su independencia y llevándolos tan lejos como se atreviera. No tomarse de la mano en una multitud ajetreada la consideraba endiabladamente madura. Y como joven independiente, se sentía con derecho a ofrecer su opinión al mundo adulto de la toma de decisiones.

"Este", decía, corriendo hacia un lugar vacío en una mesa y para su deleite aparecía un joven de la nada.

"Sí, éste", accedía, sacando sillas, intentando incitarles a sentarse. Pero cada vez que Justin negaba con la cabeza, seguía moviéndose.

Afortunadamente, Megan lo trataba como un

juego. Ella se apresuraba y se echaba sobre otra mesa,

"Este", suplicaba. "Este".

Parecía disfrutar del sonido de las sillas raspando el suelo cuando aparecían los meseros.

Después de sentir que habían recorrido cada centímetro de la gigantesca plaza y que habían estado en todos los establecimientos de comida disponibles, Trudy no pudo aguantar más.

"Espera", llamó, deteniéndose.

Justin se detuvo. Todos lo hicieron.

"¿Qué buscas realmente?", le preguntó ella, pareciendo realmente desconcertada.

Justin le dedicó su mejor sonrisa. Ella se estremeció.

"No sé", dijo alegremente. "Supongo que estoy buscando el lugar perfecto". Se acercó a ella y le susurró. "Cuando contemos esta historia a nuestros nietos, quiero que todo sea perfecto".

Le acarició el brazo, dio un paso atrás y sonrió. Estaba absolutamente seguro de que ella vería lo fabuloso que era ese plan.

"Sólo quiero sentarme". Trudy estaba demasiado derrotada para responder a su lógica, y así lo hizo sonar.

"¿Te encuentras bien?". No la entendía. Las cosas iban tan bien.

"Sólo quiero sentarme", repitió ella, y por

alguna inexplicable razón, él esperaba que no estuviera a punto de llorar.

"Este", oyó gritar a Megan.

Esta vez Philip se había sentado junto a su hermana.

"Eso lo resuelve", anunció Trudy mientras iba y se deslizaba en el banco frente a ellos.

Justin pensó en sugerir una vuelta más a la plaza, pero el mesero ya les estaba poniendo servilletas y cubiertos de papel. En silencio, se deslizó por el banco junto a Trudy, así que al menos eso era lo que había.

"¿Tienen pollo?", preguntó Megan.

El mesero no perdió la ocasión. "Pollo, sí, sí", dijo, sonriendo. "Muy sabroso, muy sabroso".

Pronto estaban todos comiendo un plato humeante de un guiso que, según el mesero, era de pollo. Les dieron un plato lleno de pan redondo y plano y una lata de Coca-Cola a cada uno.

"¿Es bonito?", dijo Justin.

"¿Esto es pollo?", preguntó Megan con dudas.

"Sí, querida, y te hará grande y fuerte".

"El pan sabe raro", respondió Megan.

Después de la comida, todos se sintieron mejor. Pasearon un rato por la gigantesca plaza. A pesar de lo avanzado de la hora, seguía habiendo una gran cantidad de niños, turistas y distracciones, algo que

Megan nunca había visto antes. Había cobras en cestas, tortugas y lagartos en pequeñas jaulas de madera. Había una gran variedad de objetos de plástico de colores chillones, ninguno de los cuales pasaría la inspección de seguridad y salud en el Reino Unido. Las cosas estaban apiladas y eran baratas.

Era una combinación de barato y alegre que inducía un verdadero ambiente de carnaval. Y mientras los jugadores felices se desprendían más fácilmente de su dinero, las grandes multitudes eran fáciles de perder.

"¡Vuelve, Megan!",

"¡Toma mi mano, Megan!".

"¡Vuelve, Megan!".

"Vamos a seguirla", sugirió Justin con calma.

"No estás acostumbrado a los niños, ¿verdad?".

"En realidad, no", admitió.

Trudy negó con la cabeza. Justin sintió que lo estaban juzgando, y no en el buen sentido.

Cuando Megan estaba finalmente tan cansada que sus pequeñas piernas no podían dar un paso más, Justin la echó sobre sus hombros y se dirigieron de regreso.

Hacía tiempo que la plaza había quedado libre de establecimientos de comida, y ahora se había transformado en un gigantesco espacio vacío. Los focos de actividad mínima se limitan ahora a zonas aleatorias en los bordes, bajo las pocas farolas disponibles.

"Terreno fértil para traficantes y carteristas", se dio cuenta Justin.

"Por aquí", anunció.

Tomó un giro a la izquierda en un callejón, luego se detuvo, dio media vuelta y eligió otro antes de rascarse la cabeza y volver a empezar.

Al cabo de un rato, Trudy dudaba seriamente de que volvieran a ver sus camas. Puede que sea una habitación pequeña y terrible, pero al menos podría acostarse si pudieran llegar a ella.

Finalmente, Justin pagó a un local de aspecto sospechoso para que los llevara de vuelta al Riad.

El pequeño Malik abrió la puerta.

"¿Qué hace todavía levantado?".

Aun cargando a Megan, Justin subió las escaleras.

Ella había sido tan ligera como una pluma cuando la subió a sus hombros, era mucho más pesada cuando estaba a mitad de camino en la escalera, pero llegó a la cima y la depositó con orgullo en la cama.

Megan no estaba dormida, pero tampoco podía decirse que estuviera despierta. Se quejaba. Necesitaba a su madre.

"Te dejo con ello", dijo Justin.

Trudy asintió.

No había perdido la esperanza de un besuqueo esta noche, pero razonó, había tiempo de sobra para un buen porro antes.

Trudy cantó a Megan su canción de cuna favorita hasta que la niña fue incapaz de seguir luchando contra el sueño. Sus pesados párpados se cerraron y esta vez se negaron a volver a abrirse. Trudy esperó otros cinco minutos. Sonrió a su hija dormida. Tenía que admitir que el día había resultado mucho mejor de lo que había temido. Era innegable que su hija había disfrutado mucho. Y al fin y al cabo, ¿no se trataba de eso?

Se levantó con cuidado y se dirigió de puntillas al cuarto de baño, todavía con una media sonrisa. Tiró del anticuado cordón, la luz se encendió y una docena de cucarachas se dispersaron en busca de su hogar en el zócalo.

Trudy gritó. Megan se despertó de golpe y gritó de verdad.

En la terraza, Justin saltó tan rápido que sus papeles, el tabaco y el hachís cayeron en la oscuridad debajo de la mesa. Además, no gritó exactamente, sino que chilló, aulló tal vez, cuando su espinilla entró en contacto con la pesada pata de hierro de la mesa.

En la habitación contigua, escondido detrás de sus auriculares, los dedos de Philip pasaban por su teléfono. No oyó nada.

"¡Cucarachas!", gritó Trudy al salir de la habitación agarrando a su hija que gritaba. "¡Muchas! ¡Enormes bichos!".

Nadie se dio cuenta de que Malik se deslizaba por las escaleras.

Los gritos de Megan disminuyeron y se detuvieron dramáticamente.

"Dijiste «enormes bichos»".

"Lo sé, querida".

"¿Qué son las cucarachas?".

Miró a Justin con una mirada fulminante mientras le explicaba: "Las cucarachas son unos bichos horribles".

Justin sintió que el comentario parecía dirigido a él.

"No, no puede ser". Mentalmente descartó tal idea.

"Podríamos comprar un aerosol por la mañana", sugirió.

Trudy le miró fijamente, con los labios apretados.

"¿Qué hace el aerosol?", Megan quería saber.

"¿Y mientras tanto?", preguntó Trudy.

Justin tenía la solución perfecta.

"Podrías dormir en mi habitación", sugirió. "Pon a Philip con Megan".

Sus labios se apretaron tanto que desaparecieron de la vista.

"¡Malik!" exclamó Megan cuando la cabeza del chico apareció en lo alto de la escalera.

Volvió, agarrando con orgullo lo que parecía ser una especie de trampa para cucarachas. El chico entró solemnemente en la habitación de Trudy y dejó la trampa en el centro del suelo del baño. Se quedó atrás con las manos en las caderas, con cara de satisfacción.

No hacía falta el lenguaje para saber que creía haber resuelto el problema.

Trudy miraba atónita, con Megan rodeando sus piernas.

"¿Qué pasa, mamá? ¿Qué está haciendo, mami? ¿Qué es eso, mami?". Alargó la mano para tocarlo.

"No lo toques". Trudy tiró de ella hacia atrás.

"¿Por qué no, mamá? ¿Qué pasa, mamá?".

Fue en ese momento cuando Philip decidió hacer su entrada, todavía felizmente inconsciente del drama que se había perdido.

"El Wi-Fi se ha caído", dijo. No parecía interesarle que estuvieran todos reunidos en el pequeño cuarto de baño.

Trudy lo miró y rompió a llorar.

"No puedo quedarme aquí", sollozó.

CAPÍTULO DIECIOCHO

Al día siguiente, Trudy se levantó al amanecer. Lo que significaba que todos lo estaban.

Llamó a la puerta de la habitación, luego a la ventana y mandó a Megan a sacarlos de la cama.

"¿Qué hora es?", Justin levantó la cabeza de la almohada y se dirigió a Megan con voz somnolienta.

"¡Levántate!", gritó ella y le quitó la manta de encima.

Fue a orinar, se salpicó la cara con agua fría, se lavó los dientes, se puso unos pantalones cortos y una camiseta y se fue a liar un porro.

"No hay tiempo para eso", decretó Trudy.

"¿Eh?".

Ella no respondió. En cambio, dijo: "Philip, vamos".

Apareció y, antes de que Justin se despertara del todo, ya los seguía escaleras abajo.

Trudy los apresuró en un tiempo doblemente rápido a través de las calles casi vacías.

Justin no podía concentrarse, aún no había tomado un café, ni un porro. Le gustaba empezar sus días lentamente, no empezarlos con un estallido de actividad frenética. ¿Cómo se las arreglaba alguien para salir temprano por la mañana día tras día?. Eso era un misterio para él.

Finalmente, para inmenso alivio de Justin, Trudy se detuvo. Estaba de pie frente a un póster que mostraba un tren de camellos serpenteando por una playa dorada.

"Este es el lugar", declaró Trudy. "Lo pasamos ayer", añadió.

Justin estaba acalorado por el paseo, no sabía muy bien qué hacía fuera tan temprano y ahora algo sobre un cartel de camellos. Su cabeza giró de Trudy al cartel y viceversa. No tenía ningún sentido, ella parecía creer que debía tenerlo, pero no lo tenía.

"¿Qué?", logró soltar.

Megan estaba inspeccionando el cartel con todo detalle.

"Camellos", dijo. "Mira camellos".

"¿Quieres ver los camellos?", le preguntó Trudy.

Inmediatamente la niña quiso acceder al

edificio en cuyo interior suponía que guardaban los camellos anunciados en la ventana.

En ese momento salió un hombre de lo que era una agencia de viajes, ¿una oficina de excursiones? ¿Un establo de camellos? ¿Quién sabe?

Sin embargo, al menos parecía contento de verlos. Sonreía ampliamente. Reconocía a los turistas cuando los veía.

"Aló", sacó la palabra hasta el límite.

"Queremos ver los camellos", le dijo Megan.

"Por supuesto", dijo. "Ven por aquí".

Todos siguieron a Megan al interior del negocio. Era sorprendentemente pequeño. Había un pequeño escritorio con una silla a cada lado. Megan se sentó.

El papel pintado estaba formado por carteles que anunciaban viajes exóticos.

"¿Dónde están los camellos?", Megan quería saber.

"Queremos hacer el viaje", anunció Trudy.

"Por supuesto", dijo. Señaló un par de grandes cojines detrás de la puerta. "¿Quiere sentarse?".

Trudy negó con la cabeza.

"¿Chai?", preguntó.

"¿Qué?", preguntó Megan.

"Té, señorita, ¿quieres té de menta?".

Arrugó la nariz y sacudió la cabeza.

"Sólo queremos reservar el viaje", dijo Trudy.

"Por supuesto".

Se dirigió a su escritorio y sacó un folleto.

"Ofrecemos excursiones de dos o tres días en lo más profundo del desierto del Sáhara. Un minibús les llevará hasta allí y las comidas, el alojamiento y los paseos en camello serán organizados por auténticos miembros de la tribu Bereber. Paseos en camello", repitió y le hizo un guiño a Megan. Ella chilló de alegría y se retorció en la silla.

El vendedor terminó su perorata. "Todo está incluido en el precio".

Trudy hizo los arreglos como una mujer con prisa. Cuando llegó el momento de pagar, Justin se adelantó.

"¿Cuánto?", preguntó, sacando su cartera.

"Mil doscientas dirhams".

Justin contó el dinero y lo entregó. Los billetes desaparecieron en algún lugar de la túnica del hombre.

"Salimos en una hora", les informó. "Desde la parada del autobús en la plaza principal".

"Entendido", dijo Trudy y ya se dirigía a la puerta.

Justin esperó, esperando algún tipo de prueba de la transacción. No le habían dado ningún boleto, ni recibo, ni nada.

Trudy asomó la cabeza por la puerta. "Vamos", dijo. "Debemos ir a empacar".

Los ojos de Justin se movieron entre el vendedor y la puerta.

"¿Boletos?" dijo, extendiendo la mano.

"Una hora", le dijo el hombre. "La parada del autobús en la plaza".

Megan golpeó la ventana.

"De acuerdo", cedió Justin. "Una hora".

"Sí, sí".

Hasta ahora, Justin estaba encontrando el día bastante estresante.

Se fue sin tratar de hacer entrar en razón al tipo.

"¿Podríamos encontrar algún lugar para tomar un café?", le rogó a Trudy.

"El autocar sale en una hora", le recordó ella.

Justin entendió que ella estaba negando su petición.

De vuelta al hotel, el desayuno se servía en la azotea. Había pan caliente y fruta fresca, café caliente y pastas dulces. Algunos de los otros huéspedes estaban comiendo. Justin fue a unirse a ellos.

"No tenemos tiempo", le recordó Trudy.

"Nos vamos a la playa", informó Megan a Malik.

Sonrió y asintió como si lo entendiera. En una mano sostenía la tortuga bebé, en la otra media manzana.

Los dos niños se apartaron de la mesa del

desayuno para poder alimentar a su mascota con tranquilidad.

Justin fue a su habitación, metió su cepillo de dientes y algo de ropa interior en una bolsa, y ya estaba listo.

Sin tener en cuenta las reglas de Trudy, fue a sentarse. Tenía que haber tiempo para un café y un porro.

Justin había comido algo de pan y mermelada. Ahora estaba sentado en la terraza fumando y bebiendo café, observando a los niños que compartían trozos de fruta con una tortuga. No estaba seguro de que debieran comer trozos de manzana del suelo, pero tampoco estaba seguro de que le prestaran atención.

"Creo que mamá te está llamando", le dijo a Megan. "Puede que sea por los camellos".

Fue a ver.

"Los niños son tan fáciles de manipular". Justin dijo que era lo más parecido a una victoria que había conseguido en toda la mañana.

Mientras Megan desaparecía en el dormitorio, la oyó preguntar: "¿Y los camellos?".

"¿Qué, querida?".

"¿Por qué tienes mi cepillo de dientes, mamá?".

"Estoy empacando por ti".

"¿Tienes mi traje de baño?".

"Sí".

"¿Puedo llevar mi tortuga?".

"No".

"Por favor, mamá. Se portará bien".

"Quizás era esta constante demanda de atención lo que estaba estresando a Trudy".

Justin rellenó su café justo cuando Trudy apareció en la puerta.

"¿Café?", preguntó. Estaba más que dispuesto a servirle una taza.

"No hay tiempo", dijo antes de desaparecer de nuevo en la habitación.

Ella le hizo sentir que había hecho algo malo. ¿Podría haberla ofendido? La idea se le pasó por la cabeza durante una fracción de segundo. Sacudió la cabeza.

"No, eso es ridículo", se dijo a sí mismo. *"Sólo estás siendo paranoico. Ella está de vacaciones. Por supuesto que está bien".*

Se relajó hasta que ella volvió a salir, esta vez arrastrando un bolso.

"¿Quieres que me lleve eso?", ofreció Justin.

Se arrepintió de su amabilidad en cuanto intentó cargar con la bolsa. Había subestimado seriamente lo mucho que se podía meter en estas cosas.

"¿Quieres llevar el bolso de tu madre un rato?", le preguntó a Philip.

El adolescente miró la bolsa y luego volvió a su teléfono. No se molestó en contestar.

Trudy les guió hasta la plaza. Se equivocó de camino, así que tuvieron que volver sobre sus pasos un poco. Así que, cuando llegaron al autobús, los demás pasajeros ya estaban a bordo. Afortunadamente, a pesar de la falta de papeles, el conductor los esperaba claramente. Quizá no tenía pensado esperarlos, pero ya estaban aquí.

Aparte de cuatro asientos en la última fila para los ingleses que llegaban tarde, el autobús estaba lleno.

Una vez sentados y cuando Justin tuvo la oportunidad de echar un vistazo a sus compañeros de viaje, se dio cuenta de que Megan era la única niña a bordo. Era un grupo mayoritariamente de jubilados reunidos desde todos los puntos del continente europeo.

Una vez que el autobús se puso en marcha, Megan dejó su asiento y recorrió el pasillo haciendo amigos. En general, los turistas le seguían la corriente. Pero inclinarse sobre la gente y estrechar la mano de una niña inglesa era una novedad de la que los demás pasajeros se aburrían rápidamente.

Volvió a su asiento, sin duda planeando su próximo movimiento, pensó Justin.

Al cabo de un par de horas de viaje, hubo un

anuncio por la megafonía. Primero en alemán, luego en francés y finalmente en inglés.

"Parada para descansar, señoras y señores. Por favor, vuelvan a sus asientos en veinte minutos; tenemos un largo camino por recorrer".

"Por fin", pensó Trudy.

No había estado dispuesta a enfrentarse al baño infestado de cucarachas. Había aguantado durante horas.

"¿La puedes vigilar mientras encuentro un baño?", preguntó.

Justin asintió, sonrió, "No hay problema".

"Quédate con Justin", le dijo a su hija.

Megan asintió.

Trudy se bajó del autocar en cuanto se abrieron las puertas.

Megan se sentó pacientemente como se le indicó. Hasta que Justin se dio la vuelta. Entonces ella se levantó y se escabulló entre las piernas de los demás pasajeros. Lo único que pudo hacer fue verla desaparecer.

Bajó el autobús arrastrando los pies con dolorosa lentitud mientras, a través de las ventanas, observaba cómo Megan se acercaba y se hacía inmediatamente amiga de un grupo de niños marroquíes.

Cuando bajó los escalones y llegó al suelo, ella no estaba a la vista.

Había sido derrotado antes de haber empezado.

Philip, aparentemente ajeno a la desaparición de su hermana, llegó junto a Justin al estacionamiento. "Gracias a Dios", le oyó murmurar Justin al pasar. "Wi-fi". El adolescente encontró un asiento en la cafetería mientras atacaba su teléfono con renovado vigor.

Justin se debatía entre unirse a la cola de la comida o buscar a Megan. Le apetecía mucho un café, pero estaba seguro de que Trudy querría saber dónde estaba su hija.

De hecho, dio unos pasos hacia la cola antes de que un profundo instinto primario se apoderara de él y fuera a buscarla.

"¡Megan!", llamó desde la puerta.

"¡Megan!", llamó un poco más fuerte mientras se dirigía a la parte trasera de la cafetería.

Apareció casi inmediatamente. Extrañamente, su camiseta estaba envuelta alrededor de su cabeza y parecía estar empapada. La seguía un grupo de niños, algunos de los cuales también llevaban camisetas en la cabeza.

"Ah, ahí estás". Se sintió aliviado de que encontrarla hubiera resultado tan fácil. "No desaparezcas".

Le miró a los ojos, se rió en su cara y salió corriendo con su grupo detrás. Desaparecieron por un lado de la cafetería una fracción de segundo antes de que Trudy apareciera por la otra dirección.

Justin le sonrió. Retrocedió unos pasos y trató de ver si los niños seguían a la vista. No lo estaban.

"¿Dónde está Megan?", la pregunta llegó antes de que estuviera preparado. Parecía un poco injusto, un poco ambicioso.

"Oh, ella está bien".

"¿Bien?".

"Sí, está jugando por allí". Señaló vagamente a su izquierda. "¿Te apetece un café?".

Ella asintió, pero tenía el ceño fruncido, parecía un poco sospechosa. Dio unos pasos hacia donde él había señalado.

"¿Entonces, voy por el café?".

Trudy asintió con la cabeza mientras escudriñaba la zona en busca de su hija.

Justin se coló en la cafetería.

Cuando regresó, la manada de niños aún no se veía por ningún lado.

"¿Sigue jugando?", preguntó.

"Vino y se fue corriendo de nuevo".

"Ella volverá".

"Lo sé", aceptó Trudy.

"Gracias a Dios por eso".

Se acercó a ella, consciente de que estaban los dos solos.

El gigantesco sol africano golpeaba desde un

cielo imposiblemente azul. Las salvajes montañas del Atlas se extendían a su alrededor hasta donde alcanzaba la vista.

"Un buen lugar para un café, ¿eh?", aventuró, entregándole uno.

Podría haber sido un momento romántico, una experiencia compartida que los acercara. Pero no lo fue. Ninguno de los dos tenía nada que decir que pudiera interesar al otro.

Justin pensó que debían compartir numerosos intereses comunes. Sólo necesitaba descubrir cuáles eran.

Trudy no era una niña, así que sabía que nunca podría haber ninguna chispa, ningún futuro entre estos polos opuestos.

Se quedaron sorbiendo su café como dos extraños reunidos en un funeral.

"Incómodo", se queda corto. Aquellas lejanas fechas en los barrios de moda de Londres parecían una eternidad cuando se veían desde aquí, en las montañas.

"No me importaría fumar", dijo. "Ya sabes, para el viaje en autobús".

No hacía falta que se lo pidiera dos veces.

"Buena idea". Sonrió, pero sobre todo porque estaba patéticamente agradecido de que ella hubiera roto el silencio. Drogarse le quitaría los niveles de estrés, supuso.

Mientras Justin se liaba un porro, ella pudo ver a Philip en la cafetería. Bueno, pudo ver un poco de su hombro izquierdo.

Megan y sus nuevos amigos perseguían a un perro por la cafetería. Aparecían y luego desaparecían.

Durante un tiempo, todo estaba en paz con el mundo.

Justin se permitió fantasear mientras rodaba. Se imaginó que envejecían y eran felices juntos.

Por su parte, Trudy, por primera vez ese día, no tenía ganas de matarlo.

Podía ser que las cosas aún no fueran perfectas, pero era un paso definitivo en la dirección correcta.

Dos porros más tarde estaban de vuelta en el autobús y traqueteando por las carreteras mal asfaltadas.

Trudy estaba definitivamente más dócil. Justin apoyó su mano en el muslo de ella. Ella lo ignoró. Él lo tomó como una buena señal.

Ya era de noche antes de que el autobús se detuviera de nuevo.

Esa noche durmieron en una gigantesca tienda beduina en algún lugar de la costa.

Sólo había una manta para cada uno, y la temperatura llegaba al punto de congelación en mitad de la noche.

Justin se imaginó que era un miembro de una tribu Bereber.

Trudy se sentía como una chica de ciudad. Tenía ganas de llorar porque tenía mucho frío. Se aferraba fuertemente a Megan con la esperanza de recibir calor corporal, pero parecía ser un camino de ida. Su hija dormía profundamente envuelta en los brazos helados de su madre.

Pensó que la mañana nunca llegaría.

Era difícil saber cuál era la postura de Philip ante la situación. Su rostro estaba oculto bajo la capucha.

CAPÍTULO DIECINUEVE

Al día siguiente, una tortuga volvió a morder a Megan durante el desayuno.

Justin no pudo evitar preguntarse si era una completa coincidencia.

Supuestamente no la había visto en el suelo, y cuando trató de chuparle un trocito de manzana del dedo del pie, se puso furiosa.

La fruta y los cruasanes saltaron por los aires. Una cafetera de cristal se volcó y rodó sobre el regazo de una turista alemana inmaculadamente vestida.

Al final, Justin tuvo que escaparse por un porro para calmar sus nervios.

Este viaje, sin embargo, era diferente a lo que estaba acostumbrado. Megan parecía capaz de convertir cualquier cosa en un drama. Era agotador.

Cuando regresó a la mesa del desayuno, todo estaba resuelto. El mesero había cortado una manzana en trocitos. Megan se la estaba dando a la tortuga.

"También comen moscas", le dijo el mesero.

Era una noticia fascinante. Se fue armada con una mosca okupa.

Philip tenía una conexión Wi-Fi. Megan estaba ocupada cazando moscas.

Todo estaba tranquilo en el mundo.

Cuando Justin se sentó, asintió amablemente al alemán que parloteaba. No entendió nada.

Alcanzó la cafetera.

Al inclinarse, todavía asintiendo amablemente, la tapa se desprendió.

El último café se precipitó sobre la mesa y cayó en el regazo de la misma mujer alemana que lo había recibido antes.

Ella gritó y se puso en pie de un salto. Con la capucha puesta y los auriculares puestos, Philip no vio su brazo agitado hasta que fue demasiado tarde.

La *Frau* le dio de lleno en la nariz. [Nota de la T.: Frau en alemán significa 'señora']

La sangre comenzó a brotar casi al instante.

El viaje en autobús se retrasaba mientras Philip era llevado a la farmacia local.

El público, mayoritariamente alemán, fue lo suficientemente educado como para no culpar abiertamente a los ingleses.

El guía se ofreció a llevar a Philip para que lo atendieran.

“Yo también debería ir”, decidió Trudy.

Justin asintió.

“¿Vas a estar bien?”.

“Estaremos bien, mamá”, le aseguró Megan.

“Sí, yo la cuidaré”, añadió Justin.

Trudy puso los ojos en blanco.

Se volvió hacia Megan. “Pórtate bien, cariño”, dijo, la besó en la frente y se fueron.

CAPÍTULO VEINTE

El taxista le dijo a Justin que tardaría una hora en llegar a la farmacia, en ser atendido y volver.

Naturalmente, Justin tenía la intención de tomarse en serio sus responsabilidades.

Puede que no tenga mucha experiencia con niños, pero él era el adulto. Estas cosas eran naturales, ¿no? Si no, ¿cómo había logrado sobrevivir la raza humana durante tanto tiempo? Ella no se alejaría de él tan fácilmente como lo había hecho en el café. Ella había tomado una ventaja injusta esa vez. Las cosas iban a ser diferentes a partir de ahora.

La miró con un poco de duda.

Ella le devolvió la sonrisa con dulzura.

"¿Vamos a tomar un café?", sugirió.

Levantó su pequeña nariz. "No bebo café", afirmó, aparentemente divertida por tal pensamiento.

"Helado, quiero decir", se corrigió. "¿Vamos por un helado?".

Ella asintió. Dejó que Justin la cogiera de la mano y se unieron a la multitud que se arremolinaba en la calle principal, la única calle.

Encontraron un carrito que vendía helados de sabores. El vendedor armó un escándalo con Megan. Felicitó a Justin por su adorable niña en un excelente inglés.

Mientras caminaban bajo el caluroso sol comiendo sus helados, Justin comenzó a replantearse.

"En realidad, ser padre es bastante divertido", decidió, contradiciendo por completo su postura sobre el tema de los últimos días. Se dirigieron sin rumbo a la playa de arena.

Un potente oleaje se acercaba. Un grupo de niños ruidosos jugaba en la línea de la marea. Con cada ola que llegaba a la orilla, gritaban de alegría y trataban de no mojarse.

Megan miraba paralizada, lamiendo su helado.

Desde luego, parecía muy divertido. Una vez que lo hubo terminado, inevitablemente preguntó: "¿Puedo ir a jugar con ellos?".

"Claro", sonrió. Encantado de poder acceder a

su petición. De poder ganar unos cuantos puntos extra.

Saltó por la arena dorada y muy pronto se vio envuelta en la acción.

Justin pensó que debía hacer las cosas de adulto y asegurarse de que los otros niños jugaran bien. Se sentó erguido y la observó con diligencia. No tenía de qué preocuparse. Estaba claro que había sido aceptada en el redil como una amiga perdida hacía mucho tiempo y no tardó en correr por la arena mojada, gritando junto a los mejores.

Justin se relajó. Volvió a apoyarse en los codos y cerró los ojos por un momento saboreando el calor en su cara, la sensación de estar de vacaciones.

Después de unos minutos, supo que debía ver cómo estaba Megan, así que se sentó y miró hacia la playa. Inmediatamente la vio corriendo y riendo. Volvió a desplomarse y dejó que el sol le calentara la piel.

Cuarenta y cinco minutos después, allí lo encontró Trudy.

"¿Qué estás haciendo?".

Reconoció la voz al instante. Abrió los ojos. Efectivamente, allí estaba ella de pie junto a él.

Justin sonrió. "Hola", dijo.

Trudy no sonreía.

"¿Dónde está Megan?", preguntó.

"¡Oh, mierda!".

Rápidamente se sentó para señalarla entre el grupo de niños. Sólo que las cosas parecían diferentes por alguna razón. El mar seguía allí, aunque un poco más cerca, pero no había niños, ni uno solo.

"¿Dónde está?" dijo.

"¿Qué?", preguntó Trudy.

Justin sonrió tímidamente. "Bueno...", comenzó.

"¿Es ella la que está allá?", preguntó Philip.

Señaló a lo lejos, en la playa de arena, donde los gigantescos acantilados se elevaban majestuosamente hacia la carretera. Las olas se estrellaban contra la base de la roca y salían con un silbido de un pozo de aire en lo alto de la arena.

Se podía ver a un grupo de niños, unos puntos un poco más que pequeños, arriesgando sus vidas. Por turnos, se aferraban a la roca y dejaban que las olas los empaparan mientras esperan no ser arrancados.

Incluso desde esta distancia, Trudy pudo ver que una de las niñas no parecía local. "Es ella". A los oídos de Justin sonaba como si estuviera enfadada.

"No hay nada de qué preocuparse entonces", ofreció Justin alegremente. "Ella está bien".

"Está a mitad de camino de una maldita gran montaña, y no sabe nadar", siseó Trudy entre dientes apretados.

Y no agregó, "Se suponía que tenías que

cuidarla". No era necesario. Estaba implícito en la mirada sucia que le lanzaba.

"Oh", respondió. "Iré a buscarla, ¿de acuerdo?".

Justin corrió tan rápido como sus piernas le permitieron. Tenía que hacerlo si quería llegar primero; Trudy estaba justo detrás de él.

"Megan, baja", llamó desde la base del acantilado.

Uno o dos de los niños le dedicaron una mirada fugaz. Megan no era uno de ellos. Si quería su atención, tendría que acercarse.

Nunca había sido un gran escalador, pero Trudy le pisaba los talones y se dio cuenta de que ella lo esperaba. Así que en lugar de esperar a que le dieran la orden, puso las manos en la cara del acantilado y comenzó a ascender.

Fue un largo camino hacia arriba, aunque Justin estaba cubierto de sudor mucho antes de alcanzar cualquier altura vertiginosa.

"Megan", siseó mientras se aferraba con fuerza.

Esto llamó la atención de los niños más cercanos. Empezaron a reírse, a parlotear en marroquí y a señalarle. No tenía ni idea de qué era lo que les hacía tanta gracia.

"Megan", volvió a sisear, un poco más fuerte.

Esta vez miró. Ella también se echó a reír.

"¿Qué es tan gracioso?".

"Pareces una cebra", afirmó.

Justin no tenía ni idea de que había estado dormitando debajo de un trozo de madera. La mitad de su cara se había vuelto de un violento tono rojo, en prolijas líneas simétricas.

"¡Baja!".

Megan se apartó de él, enviando rocas sueltas a la playa al hacerlo.

"¡Ven aquí!", gritó. "Mamá te quiere".

Se rió.

"¡Estoy hablando en serio!".

Megan volvió a reírse y se escondió detrás de una niña que también se reía y le señalaba.

Justin hizo una mueca.

"Yo soy el adulto aquí".

Se obligó a subir un poco más.

"Sólo un poco más y puedo agarrarla".

La furiosa ola se precipitó fuera del espiráculo con un silbido acuoso.

Todos los niños rieron y gritaron y saltaron ágilmente para alejarse de él.

Justin se quedó con la boca abierta. Había quedado atrapado en tierra de nadie. Cerró los ojos una fracción de segundo antes de que se estrellara contra él. Los mantuvo cerrados y descendió por la sólida e implacable roca. Luego se tumbó en el fondo, viendo las estrellas a través de los párpados mientras flexionaba discretamente los músculos.

Examinándose a sí mismo en busca de huesos rotos.

"¿Estás bien?".

La suave voz de Trudy atravesó su dolor.

"Se necesitará más que eso...".

La frase quedó inconclusa porque una piedra cayó a centímetros de su cabeza.

Los niños del acantilado no se compadecían de su situación. Recogían piedras tan rápido como podían y se las lanzaban. No era nada personal, sólo una broma.

Se retiró inteligentemente, demostrando que no se había roto ningún hueso.

Finalmente, Trudy consiguió convencer a su hija para que bajase.

CAPÍTULO VEINTIUNO

Justin trató de no cojear demasiado mientras iniciaban el camino de vuelta a la ciudad. En la calle principal, pasaron por delante de un vendedor ambulante de crepas.

"¿Puedo tener una, mamá?", preguntó Megan.

Había un cartel de cartón que ofrecía Nutella, como uno de los aderezos.

"Con Nutella", añadió Megan cuando sus ojos se posaron en la foto de algo que realmente reconoció.

"Todos tomaremos una, ¿quieres?", Justin sugirió.

No había ningún sitio donde sentarse. Se vieron obligados a comer donde estaban. A Justin le dolía la pierna, pero prefirió sufrir en silencio. No estaba seguro de cuánta simpatía recibiría y no quería arriesgarse a la decepción.

Mientras comían, se acercaron dos niñas, una de ellas con las manos ahuecadas. Parecía que llevaban días caminando por el Sáhara, con la ropa tan polvorienta. La mayor tenía unos siete años. Se detuvo frente a Justin.

"Seeeñor", repitió una y otra vez con las manos ahuecadas.

Justin se sintió muy mal. No porque la pobreza le molestara. Sino porque la cabeza aún le daba vueltas por la caída de las rocas y porque las moscas no dejaban en paz el corte de su pierna.

Sacudió la cabeza, pero la mendiga siguió insistiendo.

"No", le ladró con firmeza antes de seguir mordisqueando su crepa aún demasiado caliente. Miró hacia otro lado.

En retrospectiva, se dio cuenta de que no debería haberle quitado los ojos de encima, pero por eso la retrospectiva es algo tan maravilloso.

Sintió algo en su cadera y miró hacia abajo para ver a la mendiga intentando meter la mano en su bolsillo.

"¡Vete a la mierda!", gritó, saltando hacia atrás.

Nadie más había visto lo que acababa de suceder.

"No le hables así", le espetó Trudy.

"Ella estaba tratando de robar en mi bolsillo". Estaba indignado.

"No seas ridículo".

"Lo era", insistió.

"¿Qué te sucede?".

"Ella estaba tratando de robarme".

Trudy sacudió la cabeza con lástima. "Es triste", le dijo.

"Lo juro...".

"Olvídalo, ¿quieres?" murmuró Trudy. Hablaba en un tono diseñado para no asustar a los niños.

"Todo el mundo está volviendo a subir al autobús", dijo Philip.

Trudy trató de pensar en una razón para no subir; no le apetecía un viaje largo.

"¡Camellos!", gritó Megan mientras empujaba a Justin en su prisa por subir los escalones.

"¡Ay, mi pierna!".

La pausa de confort, el sol y el movimiento del autobús pronto hicieron que la mayoría de los pasajeros de edad avanzada empezaran a dar cabezadas.

Justin se las arregló para apretujarse en la esquina del asiento trasero y finalmente descansar un poco.

Philip jugaba con su teléfono mientras Trudy entretenía a Megan.

Cuando el autobús se detuvo y Justin se despertó, se sentía mucho mejor.

"¿Ya hemos llegado?" preguntó Megan por encima del silbido de los frenos hidráulicos.

"Todavía no, querida".

Se oyó un anuncio por la megafonía. Esperaron la traducción al inglés. "Esperamos que hayan disfrutado del viaje. Si es así, hay una placa junto a la puerta al salir. Siéntanse libres de mostrar su agradecimiento al conductor".

Cuando la versión inglesa terminó, eran los únicos pasajeros que quedaban a bordo.

"Parecía mucho más largo en alemán", señaló Trudy.

Justin se encogió de hombros.

Al desembarcar, Trudy se sintió obligada a echar unas monedas en el sombrero. Era lo menos que podía hacer después de las travesuras de su hija.

Megan estaba de pie sobre un muro de piedra, con las manos en la cadera, observando su entorno.

"No veo ningún camello", anunció, sin molestarse en ocultar su decepción.

Un lugareño con una túnica fluida siseó para llamar su atención.

"Camellos, por aquí", dijo en inglés.

"Por aquí, mamá", llamó Megan por encima del hombro ya corriendo hacia el desconocido.

"¿Camellos?" el hombre dirigió su pregunta a Justin, que asintió.

"Allí", señaló un jeep.

La mayoría de los demás pasajeros de su autobús estaban sentados en mesas, esperando claramente comida y bebida; unos pocos subían al polvoriento jeep amarillo.

"¿Más viajes?", preguntó Philip.

"Camellos", repitió el hombre y volvió a señalar.

Pronto atravesaron el Sáhara en un jeep descapotable. Dando tantos saltos que la conversación era imposible.

Justin tuvo que admitir que le estaba haciendo olvidar sus lesiones de escalada.

Trudy tenía los dientes fuertemente apretados. Era la única manera de evitar que chocaran entre sí.

La frase, "Estoy atrapada en el infierno" sonaba una y otra vez en su mente.

A Megan no le afectó la incomodidad. Rebotó en su asiento como la niña emocionada que era.

"Todavía no puedo verlos", dijo.

"No hay árboles", observó.

"Todavía no veo nada", les informó cada treinta segundos.

"No hay Wi-Fi", murmuró Philip inaudiblemente.

Su madre se encogió de hombros.

"¿Tendrán Wi-Fi cuando lleguemos?", quiso saber.

"No lo sé, querido", le dijo ella.

Estaban en la cima de una duna gigante. En todas las direcciones, hasta donde alcanzaba la vista, no había más que arena fina y dorada. No había árboles, ni plantas de ningún tipo. Ni edificios, ni siquiera una roca solitaria, sólo arena, arena y más arena. Era estéril, desolado y de una belleza inquietante.

Finalmente, el jeep se inclinó hacia delante y comenzó su ascenso.

"¡Mira, Megan!", Trudy señaló.

Muy por debajo, los camellos se ponían en pie. Megan rebotó emocionada al verlos.

Estaba extasiada y quería que todo el mundo lo supiera.

"¡Mira, mamá!", tirando del brazo de Trudy.

"Sí, querida, los veo".

"¡Mira, Philip!".

Se apartó del brazo tras el primer tirón.

"¡Camellos!", le gritó a Justin, y él se preguntó si alguna vez dejarían de pitarle los oídos.

A través de la bruma de calor, los animales se pusieron en pie perezosamente y, bajo la dirección del látigo del pastor, formaron una línea curva.

Al ser un vehículo abierto, los agudos gritos de Megan no se limitaban al interior del jeep. En cambio, resonaban en el anfiteatro natural de las dunas. Eso le encantaba; la animaba a gritar más fuerte.

Trudy pensó que su cabeza iba a explotar.

Finalmente, llegaron al fondo y los gritos se desvanecieron.

Trudy nunca había estado tan agradecida.

"Esperaré aquí", dijo.

"No, mamá".

La niña arrastró a su madre para que la viera de cerca.

"Mira qué grandes son". Trudy nunca había estado tan cerca de un camello.

El pastor bereber vio cómo ella miraba a sus criaturas. Ya se había encontrado con los nervios del principiante. También tenía un ojo para una chica bonita.

"¿Tomas el camello número uno? Muy seguro, te guiaré personalmente".

Todavía parecía dudosa.

"Tengo gran experiencia", declaró con orgullo el nómada del desierto, señalando su pecho como si eso fuera el final del asunto.

Tuvo que admitir que tenía el aspecto adecuado, con su profundo bronceado, sus túnicas fluidas y su pañuelo tradicional sobre la cabeza.

"De acuerdo", aceptó de mala gana.

"¿Cómo se llama?", preguntó Megan.

"Rafael", le dijo él.

"Hola, Rafael". Ella ya estaba acariciando su nariz.

"¿Está bien tocarlo?", preguntó Trudy con recelo.

"Sí, sí, es muy amigable. Le gustan las niñas".

A Megan le gustaba cómo sonaba eso.

"¿Crees que le gusto?", quiso saber.

"Toma", el hombre se acercó a ella y le cogió suavemente la mano. "Acarícialo aquí, así. Le gusta esto. No así". Volvió a lo que ella había estado haciendo. "Así", volvió a cambiar. "Si haces eso seguro que le gustas".

Megan sonrió y continuó el movimiento por su cuenta después de que él retrocediera.

El hombre miró a Trudy. "Espera aquí", le dijo, y envolviéndose en su túnica, fue a organizar al resto de sus clientes. Trudy podía esperar. Sería la última en llegar. Siempre daba a los nerviosos el menor tiempo posible para acobardarse.

Se detuvo ante cada camello hasta el final del tren. Compartió algunas palabras aquí, comprobó los cierres de los estribos allí, bromeó con la anciana que viajaba sola. Todo el tiempo, cambiaba fácilmente de un idioma a otro. No parecía tener mucha prisa. Nadie lo estaba. Excepto Megan, que apenas podía contenerse cuando por fin llegó hasta ellos y levantó a Trudy. Y con Megan encaramada precariamente en su regazo, el tren se puso en marcha.

Su camello llevaba un arnés, al que estaba unido a un trozo de cuerda. El otro extremo estaba firmemente en la mano del bereber. Trudy comenzó a relajarse. Miró hacia atrás y vio que su hijo no estaba donde debía.

Al instante se evaporó cualquier sensación de calma.

Philip debería haber estado directamente detrás de ella, pero no lo estaba. En su lugar, estaba mirando a un joven turista alemán. Uno que se había esforzado mucho por ir de nativo a tiempo parcial. No sólo llevaba un pañuelo tradicional alrededor de la cabeza, sino que también llevaba una túnica. Bueno, una versión turística de las túnicas bereberes que probablemente había comprado en el mercado de Marrakech. Está claro que se creía una especie de Lawrence de Arabia.

Alrededor de su cuello llevaba una gran y sólida cámara Pentax. Tenía la intención de documentar este viaje de su vida y, sin duda, aburrir a sus amigos y familiares durante meses después de volver a casa.

Entonces Trudy vio a Philip en el camello tras él. Resultó que los camellos preferían alinearse de esta manera, y nadie le había avisado del cambio de planes.

Detrás de Philip había un grupo de turistas que llevaban pañuelos bereberes de la tienda de regalos y parecían bastante satisfechos. Por último, en la retaguardia estaba Justin.

Había observado cómo Trudy se tambaleaba al moverse su camello y lo fuerte que se aferraba a Megan y se había temido lo peor. Intentó no perderlas de vista. Pero a medida que el camino se retorcía entre las dunas, inevitablemente se perdían de vista.

Las olvidó y se concentró en su propio viaje.

Fue genial.

Empezó a relajarse, a pensar.

Justo cuando se convencía de que había dominado el barco del desierto, su camello atravesó el borde de una duna especialmente empinada y se inclinó violentamente hacia delante. Con Justin agarrado a su cuello, el camello empezó a caer por el otro lado. Justin se agarró con fuerza y consiguió evitar la catástrofe.

El camello le hizo subir y bajar unas cuantas dunas más antes de que recuperara la confianza. Sólo entonces se arriesgó a asomarse al frente tratando de divisar a Trudy.

En la parte delantera del tren, estuvo a punto de distinguir una figura que conducía un camello. Estaban tan lejos que se olvidó de ellos. Se concentró en disfrutar del viaje. Después de todo, esto era algo que tal vez nunca tendría la oportunidad de experimentar de nuevo.

Y qué experiencia fue, ¡qué bestias tan magníficas eran realmente! Se sentía como un héroe de acción en una novela de aventuras. Le encantaba la forma en que la bestia se balanceaba de un lado a otro, a la vez que inclinaba su gran masa hacia adelante y hacia atrás mientras navegaba por las interminables dunas.

"Pensar que han estado llevando al hombre a través de esta misma arena durante cientos de años". Eso lo dejó boquiabierto.

Fingió ser Indiana Jones. Fantaseó durante todo el camino hasta la parada de descanso designada.

"¡Ha sido brillante!", anunció mientras se bajaba.

Estaba mirando a Trudy, a Megan, a la parte posterior de la cabeza de Philip. Ninguno de ellos le devolvió el entusiasmo.

"¿No es así?", añadió con la emoción en su voz bajada de tono.

"Mamá tiene sangre", respondió Megan.

"No, no es así", contestó Justin con voz jocosa, como si tal cosa fuera ridícula.

Trudy se dio la vuelta, y efectivamente había una salpicadura roja en su espalda. Sin embargo, era difícil saber si era sangre.

"Eso no es sangre", soltó con seguridad, en un tono de incredulidad.

Las dos mujeres lo miraron fijamente, Megan frunciendo el ceño y Trudy con cara de asombro. Incluso Philip sacudió la cabeza de Justin como si quisiera indicar que no se podía ayudar a algunas personas, antes de desaparecer sin decir nada de nuevo bajo su capucha.

"Es sangre de camello", declaró Megan.

Al menos no es humana", estuvo tentado de decir, pero decidió no hacerlo.

"¿Cómo se consigue que la sangre de camello suba por la espalda?" dijo en su lugar.

"¿Todo el camino hasta mi espalda?". Esto sonó como si fuera una novedad para Trudy.

"De espaldas", se corrigió, pero era demasiado tarde, ella ya se estaba quitándose la blusa.

No pudo evitar mirar.

"Mmmm, sujetador de encaje negro", pensó. *"Concéntrate",* se reprendió y se sintió lo suficientemente culpable como para desviar la mirada.

"¡Oh, maldita sea!", murmuró Trudy mientras inspeccionaba la prenda sucia.

"De un camello", respondió Megan, todavía haciendo malabares mentales con su tonta pregunta. "La sangre de camello se obtiene de un camello".

"Sí, sí". Justin sonrió sarcásticamente para

demostrar que lo sabía. "¿Pero cómo se las arregló para sangrar en mamá?".

"No era el que ella había montado, tonto".

"¿Cómo es que yo soy el tonto aquí?", se preguntó, sabiendo muy bien que era un punto discutible.

Megan señaló al turista alemán que había subido al segundo camello.

"Se le cayó la cámara y trató de salvarla. Hizo que su camello empujara al nuestro, así que el nuestro le dio una patada en la cara. Sacudió la cabeza, y toda la sangre salpicó por todas partes y parte fue a parar a mamá. Fue su culpa".

Señaló de nuevo al joven alemán cuya carísima cámara acababa de ser tragada por la arena, para no volver a ser vista. No parecía tan feliz.

Megan levantó las cejas. "No estaba asustada en absoluto". Quiso dejar claro eso antes de encogerse de hombros en plan «¿qué vas a hacer?» Era adorable.

Aprovecharon un picnic en el desierto, pero Trudy temía tanto el viaje de vuelta que no podía comer. Mientras que Megan no podía descansar, estaba impaciente por volver a montar.

Trudy quería tener una concentración total si iba a volver a subir a la bestia gigante. Así que Megan subió con Justin, un acuerdo que hizo a Trudy un poco más feliz, así que naturalmente él estuvo feliz de aceptar.

Era un placer genuino ser testigo de la alegría de Megan y todo lo que tenía que hacer era aferrarse a ella con fuerza. En cierto modo confirmaba su sospecha de que la paternidad era mucho más fácil de lo que la gente decía.

Megan se había agotado por completo cuando subieron al autobús hacia Marrakech.

Se durmió casi desde el momento en que se pusieron en marcha.

CAPÍTULO VEINTIDÓS

Cuando volvieron al hotel, Philip estaba directamente sobre su teléfono y no se podía contactar con él de ninguna otra manera. Trudy llevó a Megan a la habitación para prepararla para la cama. Justin tuvo algo de tiempo para sí mismo.

Se dejó caer sobre los cojines que rodeaban la mesa de hierro y se lió un buen porro.

Pensó en levantarse para admirar la vista de la ciudad, pero su cuerpo estaba dolorido tras el castigo del día, no quería estar de pie. Se contentó con estar sentado, escuchando los sonidos de la ciudad.

Estaba fumando su tercer porro antes de que alguien se le uniera. Megan apareció primero. "Había agua caliente", anunció alegremente.

"Eso es bueno", respondió Justin.

Trudy apareció poco después de su hija. Para Justin, parecía una estrella de cine muy afectada.

"¿El agua caliente las hizo brillar a las dos?", observó.

Megan se miró de arriba abajo. Luego hizo lo mismo con su madre. "El pelo de mamá está bonito y brillante", aceptó. Su inocencia era dulce.

Megan había disfrutado mucho del día. Para variar, se fue a la cama de buena gana, sabiendo que mañana iba a ser igual de divertido.

Se quedó dormida en cuanto tocó la almohada.

Trudy se unió a él en los cojines; incluso dio unas cuantas caladas a sus porros supercargados.

"Este es el momento", se dijo a sí mismo. *"Este es tu momento, di algo bonito, maldita sea".*

"Lo siento", dijo, "por lo de hoy". Le pasó un porro como una especie de ofrenda de paz.

Ella dudó brevemente, lo cogió, le miró a los ojos y sonrió.

"Está bien".

"¡Aleluya!" pensó. *"Podemos empezar de nuevo. Desde aquí".*

Justin se sintió aliviado de que ella no le hubiera presionado específicamente sobre los motivos por los que se disculpaba. No quería hacer una lista. ¿Y si se le escapaba algo que ella considerara importante? Una disección pormenorizada del incidente de la playa no iba a ayudar a nadie.

Trudy inhaló profundamente antes de expulsar una nube de humo a la noche. Luego se volvió hacia él y le preguntó, "¿Por qué te disculpas?".

"¿Eh?", le lanzó.

Dejó que se retorciera durante un minuto y luego medio sonrió para demostrar que le estaba tomando el pelo.

"¿Debería aceptar las disculpas y seguir adelante?" sugirió suavemente.

Asintió agradecido.

Le tocó el dorso de la mano. "Estás perdonado".

Su tacto le hizo saltar chispas en el brazo, en la ingle, en la mente.

"Esto es todo", pensó. Comenzó a inclinarse para darle un beso.

"¿Mamá?",

Una vocecita atenuó un poco la magia. "Ahora no tengo sueño". Apareció Megan. Se arrastró por los cojines y se subió al regazo de su madre.

"¿Has visto a Yaya?".

"¿Qué?", preguntó Justin.

"Mi tortuga", explicó.

"Ve a la cama", dijo Trudy.

"¿Vamos a ir a la playa mañana?".

"Si te vas a la cama podríamos".

Se lo pensó un momento y, aparentemente satisfecha, se bajó de su madre. La vieron cruzar las baldosas. Se detuvo en la puerta del dormitorio y se giró hacia ellos,

"Buenas noches, mamá, he tenido un día precioso", dijo.

"De nada, cariño", respondió Trudy con alegría.

"Ahora me voy a la cama", le explicó a Justin.

"Buenas noches", dijo Justin.

"¿Dónde estábamos?" dijo Justin una vez que estuvieron solos.

"Te veré por la mañana". Trudy se levantó. "Estoy cansada. Quiero asegurarme de que está bien".

Ni siquiera un beso en la mejilla.

"Buenas noches entonces", dijo, sonando un poco decepcionado.

Se quedó solo y se drogó mucho.

CAPÍTULO VEINTITRÉS

Al día siguiente, Justin se quedó dormido. Cuando salió de su cama, todos los demás habían salido.

Pidió un café en la recepción y se dispuso a disfrutar de una mañana perezosa fumando droga y leyendo su libro.

A la hora del almuerzo, salió a comer un bocadillo poco antes de que volvieran. Cuando regresó, ya se habían ido de nuevo.

No fue hasta el final de la tarde que se pusieron al día.

Trudy apareció en lo alto de la escalera con un aspecto renovado, radiante y hermoso.

"Te ves muy bien", le dijo.

"Gracias".

Estaba cargada de bolsas de la compra y tenía tan buen aspecto que fue a ayudarla.

"Has estado de compras".

"Sí", dijo Megan. "Tenemos tomates, pepino, carne de cangrejo, ¿y qué más tenemos, mamá?".

"Justin lo pondrá todo sobre la mesa. Así podrás ver", respondió con una sonrisa. "¿Está bien?".

"¿Lo cocinará él?", sonaba sospechosa.

"No, lo haré yo, querida, ¿está bien?".

A modo de respuesta, ella asintió y fue a sentarse a la mesa.

"Vacía las bolsas entonces", ordenó.

"Por supuesto".

¿Qué más podría decir?

Pasaron la noche en casa. Philip con su teléfono, Trudy preparando y recogiendo la comida, y Megan jugando tranquilamente con Malik mientras Justin fumaba droga.

Las pruebas y tribulaciones de ayer quedaban en el pasado. Presentaban una escena de felicidad doméstica en la azotea. Esto era lo que Justin consideraba unas vacaciones.

Obviamente, Trudy estaba de acuerdo. Después de un rato, ella vino y se sentó a su lado. Sus esperanzas surgieron. No debía saber que ella parecía tan relajada porque acababa de pasar un día sin él.

Trudy apenas se había acomodado cuando Megan anunció, "Me voy a la cama".

Fue tan inesperado que su madre consultó instintivamente su reloj.

"¿Perdón?", preguntó.

"Me voy a la cama ahora, estoy cansada".

"Iré a arroparte", ofreció Trudy sin querer levantarse tan pronto después de sentarse.

"Está bien, mamá, me he limpiado los dientes". Se acercó y respiró sobre ella para demostrarlo.

"No sueles irte a la cama sola". Trudy estaba confundida.

"Sí, lo sé".

Su hija miró a Justin, y Trudy se dio cuenta de que se trataba de una especie de postura sobre ser un adulto y tomar sus propias decisiones.

"Está bien", sonrió y la besó en la nariz.

Megan se fue corriendo.

Mientras la veían marchar, Justin dejó que su mano vagara hacia la de Trudy. Ella no se apartó, pero tampoco sus dedos se enroscaron en los de él.

"Debería ir a arroparla", dijo. Claramente, aún no tenía toda su atención.

Y algo en su tono le dio a Justin motivos de preocupación. Estaban cerca; no quería que se distrajera ahora.

"Estará bien", respondió. "Sólo está ahí. Puedes ver la puerta. No hay otra salida".

Ella movió la nariz, lo que significó: “No estoy segura”.

“Nos acurrucaremos y vigilaremos esa puerta como si fuéramos marines estadounidenses”, sugirió, haciendo hincapié en la parte de «acurrucarse» del plan.

“Bueno”, comenzó, como si lo estuviera considerando.

Se atrevió a esperar.

Luego lo apartó de un empujón.

“Iré a ver cómo está”.

Ella sonrió dulcemente, reconociendo su decepción. Pero la magia había desaparecido. Tendría que recuperarla. Se sintió despojado aunque se animó al verla caminar por la terraza.

“Qué cuerpo, vale la pena la espera. Tenemos toda la noche”.

Justin se perdió inmediatamente en sus pensamientos. No se dio cuenta de que estaba sonriendo.

“¡Ah, esto es vida!”.

Fue necesario un grito para que volviera a la realidad. Un grito fuerte y femenino.

No estaba seguro de si era Trudy o Megan. Entonces llegó de nuevo.

“Es Trudy”, decidió. Le preocupaba tanto si había adivinado correctamente como el motivo de los gritos.

Lo consideró necesario de ser investigado.

Cuando se puso en pie, un gato salió volando de la habitación de la chica. Cuando ya había recorrido la mitad de la terraza, lo habían seguido otros.

Se movían rápido y seguían llegando, así que era difícil estar seguro, pero creyó contar cinco.

Llegó al dormitorio justo cuando Trudy se tambaleaba en la puerta.

"¡Ha traído un maldito pez de la playa!".

"Está *histérica"*, pensó. *"No debería decir histérica. A las chicas no les gusta que las llamen histéricas"*, se controló, asintió ligeramente como si estuviera de acuerdo con ella, pero en realidad había hecho un trato consigo mismo. *"¿Está bien que te lo digas a ti mismo?"*, se preguntó.

"¡Y ha estado atrayendo a los gatos con ella!", Trudy rugió.

"¿Seguro que no pasa nada si se está poniendo histérica?", permitió.

"¿Qué?", ofreció todo lo que tenía.

"¡Un maldito pez!". Ella le miró fijamente. "¡Gatos!" siseó, y él tuvo la sensación de que era su culpa. No era nada romántico.

Era como si fuera él quien había llenado el dormitorio de gatos. Tuvo la tentación de objetar.

"Eres una histérica", dijo, pero sólo para sí mismo.

"¿Sabes de dónde sacó el pescado?".

Decidió no ofrecer ninguna conjetura.

"Cuando estaba en la playa contigo", espetó.

Para Justin, era como si no permitiera que le mintiera. Aunque, técnicamente, habían acordado dejarlo atrás.

Se consoló llamándola histérica de nuevo. Pero obviamente no en voz alta, donde era seguro hacerlo, en privado.

Resultó que no necesitó responder. Fueron interrumpidos por otro grito.

También era de origen femenino, pero procedía de una fuente mucho más joven.

"Era Megan", adivinó, resistiendo el impulso de sonreír, esa era demasiado fácil.

¿Quién más podría ser? Incluso, venía de su habitación.

Megan se acercó a la puerta, agarrando torpemente a un gato descontento.

"Me arañó", declaró.

"¡Bájalo!", Trudy gritó.

El gato se retorció furiosamente. Megan lo dejó caer, pero no antes de recibir otro arañazo a lo largo de todo su brazo izquierdo.

"¡Me ha vuelto a arañar!", aulló.

"¡Suéltalo!", Trudy ordenó.

"Tengo pelos en la boca", gritó Megan, y el hecho de darse cuenta la dejó completamente loca.

CAPÍTULO VEINTICUATRO

El hospital estaba impecable.

Justin miró hacia Trudy.

"¿Ves?", dijo. "Está bien".

Ella asintió un poco. Reconoció que había tenido razón.

Era, sin duda, un pequeño hospital muy limpio, pero muy concurrido. Había personal por todas partes, su antigüedad aparentemente estaba determinada por una variedad de túnicas de colores.

Los enfermos y los necesitados no se descuidaban en el departamento de cuidados. Y por si acaso, todos y cada uno de los pacientes parecían tener al menos cinco familiares a su lado, en su mayoría mujeres.

Justin y Trudy se sentaron y esperaron frente a

dos grupos de familias, algunas de las cuales se lamentaban por el dolor.

Justin se entretuvo tratando de decidir si su angustia era real o imaginaria.

Había una mujer vestida con ropas occidentales y con un pañuelo amarillo brillante enrollado en el pelo. Justin juzgó que tenía unos treinta años. Lloraba suavemente en un pañuelo.

"Eso es real", juzgó.

Fingió que el hecho de que fuera extremadamente atractiva no le nublaba el juicio.

Una anciana musulmana vestida de pies a cabeza de negro y balanceándose sobre sus tacones se lamentó en voz alta para que todos la oyeran.

"Demasiado dramático"', decidió. *"Falso"*.

Volvió a mirar a Trudy.

Sonrió, tratando de mostrar que todo estaba perdonado. Para describirlo, por muy absurdas que fueran las acusaciones de ella en el taxi, ahora volvían a ser amigos. En realidad, ella le había gritado a centímetros de su cara. Llamándole cosas terribles.

"¿De dónde ha salido eso?", se preguntó de nuevo.

Sin embargo, ahora todo estaba olvidado.

"Bueno, no exactamente olvidado", concedió. *"Más bien se puso en la lista con todas las demás recriminaciones amargas y se enterró profundamente"*.

Se apartaron el uno del otro.

Justin volvió a su juego de la pena genuina o la reina del drama. De vez en cuando miraba hacia Trudy.

"Al menos no está llorando", pensó.

No se detuvo en el hecho de que *«al menos no está llorando»* no era precisamente la marca de unas vacaciones memorables.

"Al menos los hospitales son bonitos", se dijo a sí mismo y se aferró a ese hecho como si fuera algo bueno. Algo que diría a la gente cuando hablara del viaje.

Finalmente, Megan apareció. Un joven con una túnica blanca la llevaba hacia ellos. Una mujer con una túnica azul caminaba a su lado, sosteniendo la mano de Megan.

El arañazo gigante había sido pintado con yodo, por lo que ahora era negro e imposible de pasar por alto. Megan llevaba un adhesivo gigante de una rana de dibujos animados. Le cubría todo el pecho.

"Mira, mamá, tengo un adhesivo por ser valiente", anunció orgullosa cuando se pusieron a la altura.

"Qué bien, cariño", respondió Trudy.

"¿Son ustedes los padres?", se dirigía la enfermera a Justin.

Sintió que debía explicarse. "Bueno, no, no soy su padre, pero sí más o menos, está con nosotros, ya sabes cómo son estos días".

La enfermera le miró con el ceño fruncido, desconcertada.

"Soy su madre", intervino Trudy.

CAPÍTULO VEINTICINCO

"¿Qué vamos a hacer hoy?", preguntó Justin en el desayuno.

"Ya has oído a la enfermera, Megan tiene que descansar".

"Estaré abajo". Philip prefería la zona de recepción donde podía obtener una señal Wi-Fi garantizada.

"Entonces iré a dar un paseo", dijo Justin.

"Bien".

Paseó por las estrechas calles de Marrakech hasta encontrar lo que buscaba...

"¡Hachís!".

La palabra le fue siseada. Sus oídos se agudizaron. Se detuvo y permitió que el susurrador lo alcanzara.

"¿Cuánto?", preguntó Justin.

Pronto estuvo de vuelta en la azotea. Tenía un litro de agua helada. Tenía dos barritas de chocolate etiquetadas en árabe pero que se parecían sospechosamente a una barrita Mars y a un Twix. Y tenía un trozo de hachís tan blando que podía enrollarlo en un porro sin ni siquiera calentarlo.

La terraza estaba vacía. Se sentó con un suspiro. Si era honesto, era agradable tener un poco de tiempo para sí mismo.

¿Quién iba a decir que viajar con niños podía ser tan estresante? ¿Quién iba a decir que había que vigilar a los pequeños constantemente? Se preguntaba cómo podían los padres disfrutar de su propia vida.

Pero se consolaba dónde podía. La falta de entusiasmo de Trudy con respecto a su vida sexual no tenía, obviamente, nada que ver con él y sí con el hecho de que siempre estaba haciendo de niñera.

Hizo volar una enorme nube de humo sobre la ciudad y se comprometió a ayudarla con eso.

CAPÍTULO VEINTISÉIS

Megan se recuperó con notable rapidez.

Estaban en la terraza desayunando juntos cuando Justin sugirió a Trudy que se tomara un tiempo libre.

Ella le miró fijamente, "¿Perdón?".

"Puedes quedarte aquí y relajarte", dijo. "Has tenido unos días difíciles".

La tomó un poco por sorpresa.

"¿Hablas en serio?".

"Por supuesto. ¿Por qué no? Ya sabes, compartir la carga de la responsabilidad. Sabes que soy un adulto".

"Bueno, sí, lo sé. ¿Si estás seguro?".

"Por supuesto que estoy seguro", dijo él, optando por ignorar su expresión de preocupación. "La llevaré a dar un paseo". Se volvió hacia Megan.

"Será divertido, ¿no?".

"¿Habrá tortugas?", preguntó.

"Sí, eso espero".

"Quiero ir con él", declaró Megan.

"¿Vienes, Philip?", Justin se aventuró.

El adolescente se encogió de hombros sin levantar la vista de su teléfono. Justin lo tomó como un "sí".

"Así que está decidido entonces". Sonrió a Trudy.

"De acuerdo", aceptó ella, sin parecer tan agradecida como él suponía que debía ser.

"¿Qué tan difícil puede ser? Tiene que tener un poco más de fe", pensó.

Justin estaba decidido a no meter la pata. Una vez que Megan se hubo embadurnado de crema solar, salieron juntos. Los tres amigos salieron a las concurridas calles de Marrakech.

"Vamos a la plaza, ¿de acuerdo?" sugirió. "¿Tal vez tomar un café?".

Megan le miró. "No bebo café, tonto", respondió.

"¿Lo has probado alguna vez?".

"No", admitió.

Siempre había asumido que era demasiado

joven para el café. Él parecía insinuar que no era así. Estaba intrigada.

"Supongo que podríamos tomar un café", decidió.

Megan se sentía muy adulta. Obviamente, al ser tan madura, no necesitaba estar agarrando su mano. Se soltó tan suavemente que él ni siquiera se dio cuenta.

"¿Y allí?", señaló una cafetería en el borde de la plaza.

Justin sonrió y se dirigió hacia ella.

Había una mesa vacía en la amplia veranda en la que se tumbaron todos.

"Esto servirá, ¿eh?", dijo Justin.

Megan se fijó en el entorno, sintiéndose muy adulta.

"Sí", aceptó ella. "Esto servirá".

"¿Está bien, Philip?" preguntó Justin.

Gruñó sin levantar la vista. Justin lo tomó como un "sí".

"¿Y qué hacemos después?", preguntó a Megan.

"Mirar las tortugas", respondió ella.

Sonrió cuando el mesero se acercó. Justin no veía por qué tanto alboroto. Cuidar de los niños era fácil.

"¿Señor?", el mesero sacó su libreta y su bolígrafo. Se preparó para tomar su pedido.

"¡Café!", Megan dijo en voz alta.

"Por favor", le dijo Justin. "No te olvides de decir por favor".

"Por favor", añadió.

El mesero le hizo un gesto con el dedo. Frunció los labios. Parecía preocupado.

"No hay café", dijo.

"Por favor".

"Lo siento, no hay café".

Lo miró fijamente durante una fracción de segundo y luego golpeó con su pequeño puño la mesa.

"¡Café!" gritó. "¡Quiero café!".

"Está bien". Justin tuvo que levantar la voz para que se le oyera. "Está permitido", añadió a modo de explicación.

"¿Té?", parecía sugerir el mesero en su lugar.

"¡Café!", respondió ella, más fuerte.

Luego se convirtió en la misma palabra repetida al ritmo de los golpes en la mesa.

"Café, café, café".

Resultó que no vendían café en ese establecimiento en particular. Tampoco en los tres siguientes que probaron. Todos vendían té de menta. Todos intentaron que la niña dejara de llorar. Todos la hicieron empeorar.

"Podría dejarla", pensó Justin, *"sólo por un minuto para ordenar mi cabeza. Sería fácil encontrarla de nuevo. Sólo hay que seguir el sonido de sus gritos".*

Estaba reevaluando la facilidad de la paternidad cuando algo cortó sus pensamientos. Algo iba mal. Examinó su entorno, buscando algo fuera de lugar.

Entonces se dio cuenta de que los gritos habían cesado.

"Los gritos han cesado. Eso es lo que es diferente".

Estaba a medio camino de felicitarse a sí mismo cuando de repente se le ocurrió que tampoco podía verla.

Observó a la multitud.

"¡Philip!", ladró, y su voz tenía algo que hizo que el adolescente mirara. "¿Dónde está tu hermana?".

Philip se encogió de hombros y volvió a prestar atención a su teléfono.

"¡Megan!", Justin gritó.

Al oír su nombre, se puso en pie. Había estado agachada inspeccionando una pequeña jaula de tortugas. Escondida detrás de las piernas de la multitud.

"Mira", dijo, con los ojos muy abiertos por la emoción. "¿Cuántas podemos tener?".

Justin se había puesto blanco. Perderla y encontrarla de nuevo, tan pronto y tan cerca, y tan evidentemente ilesa, hizo estragos en sus nervios.

"Mira", volvió a decir ella, ajena a su tormento.

Las tortugas medían unos cinco centímetros. Megan tenía tres de ellas arrastrándose en una línea por su brazo. Intentaba esconder una cuarta en la manga.

Justin respiró profundamente. Se recompuso. Se agachó a la altura de Megan y sonrió, esperando transmitir tranquilidad.

"Una", dijo. "Puedes tener una".

"Eso no es justo".

Sacó la de la manga y se la dio al vendedor.

"Es justo".

Se puso en pie y sacó su cartera.

"¿Cuánto cuesta una?", le preguntó al hombre.

"Seiscientos dírhams". El hombre le sonrió.

"¿Qué?", Justin estaba sorprendido.

Hizo un cálculo rápido.

"Podría comprar dos gramos de hachís por eso".

"No, en serio". Sonrió para mostrar que aceptaba la broma. "¿Cuánto?".

"Seiscientos", repitió el hombre, extendiendo la mano.

Se sintió como un robo a la luz del día, pero pagó.

"Vamos", dijo. Toma mi mano.

"No puedo", objetó Megan.

Estaba a punto de darle un sermón sobre las niñas que se escapan y acaban siendo vendidas a la trata de blancas.

"Tengo que cuidar de Justin". Ella sostuvo el pequeño reptil.

"Le he puesto tu nombre, porque has pagado por él". Ella sonrió y acarició su caparazón.

Justin la miró, arrastrándose por su brazo.

"Parece que eso está tratando de escapar", dijo.

Megan frunció el ceño.

"No es un eso, es un él", dijo ella en un tono que no dejaba lugar a la discusión. "Y me quiere". También sonaba firme en eso. "Voy a llevarlo a casa en el avión", anunció.

Justin sonrió nerviosamente en respuesta. No había pensado en eso. Antes de que pudiera pensar en una respuesta, un desconocido se acercó a ellos.

"¿Curtiduría?", susurró.

"¿Perdón?", respondió Justin.

El desconocido inclinó su fez hacia Megan.

"Hola, guapa", sonrió.

"Hola", respondió ella". "Tengo una tortuga". Se detuvo y se la tendió para que la inspeccionara, y el hombre la cogió.

"¿Querrá ver dónde llevamos las cabras?".

Megan asintió con entusiasmo.

Acarició el caparazón del animal mientras se alejaba.

"Aquí abajo", anunció por encima del hombro.

"¿Qué es?", Justin quería saber.

"La curtiduría", fue la respuesta por encima del hombro.

"¿Qué?".

"La curtiduría", repitió Megan como si ella fuera el adulto y él el niño. "¿Qué es la curtiduría?", preguntó a su nuevo amigo.

"Es donde llevamos las cabras", respondió.

"Oh, ¿se permiten tortugas allí?", preguntó.

"Por supuesto", la tranquilizó.

El olor era abrumador. Les dieron una ramita de lavanda para que se la llevaran a la nariz, pero no sirvió de nada para evitar que el asqueroso hedor de la carne podrida les llenara las fosas nasales.

Justin explicaba que en realidad no necesitaban ver una cabra en descomposición. Y desde luego no tenía intención de pagar por el privilegio, por mucho que el guía le tendiera la mano.

Entonces se dio la vuelta y Megan se había ido.

El nudo de espanto volvió a aparecer en su estómago. La llamó por su nombre y comenzó a bordear frenéticamente el lugar.

"¡Señor!" escuchó la llamada y corrió hacia el trabajador que le señalaba.

El sombrero de paja de Megan estaba flotando en una cuba de lodo marrón y maloliente.

"Oh, mierda", exclamó.

Los trabajadores ya se apresuraban con largas varas y las hacían girar por el agua.

"Como si pudieran enganchar un cuerpo", pensó Justin.

"Oh, mierda", dijo de nuevo.

"¡Megan!", llamó.

"¿Qué?", respondió ella.

Se giró y allí estaba ella. Encaramada en el extremo de un banco de piedra, oculta por el bulto agazapado de su hermano.

Justin podría haber llorado de alegría, pero sintió que la situación exigía un cierto marcaje.

"Te he dicho que me cojas de la mano", dijo, y la niña lo miró desconcertada desde el entorno de su hermano.

"¿Qué ha pasado con tu sombrero?", intentó en su lugar.

"Me lo quité", respondió ella.

"Señor, ¿lo quieres?".

Un trabajador interrumpió. Sostenía un sombrero empapado y deforme en el extremo de un palo.

"Qué asco", dijo Megan.

"No, gracias", dijo Justin.

"¿Podemos irnos ya?", dijo Philip, y ambos le miraron.

Justin sabía cuándo estaba derrotado. Ser padre era mucho más difícil de lo que había imaginado. Ya estaba agotado. Necesitaba un descanso.

Era hora de dejar a los niños de vuelta. Se escabulló para drogarse y leer su libro. Nadie podría decir que no había aportado su granito de arena a la causa. Trudy iba a apreciar el gesto.

Se podría decir que estaba teniendo un tiempo de calidad. Miró su reloj.

"¡Una hora y veinte minutos! ¡Maldito infierno! Parecía mucho más tiempo".

"Sí", dijo. "Volvamos".

CAPÍTULO VEINTISIETE

Subieron la escalera y vieron a Trudy sentada en la mesa de hierro. Seguía en bata, con una toalla alrededor de la cabeza.

"Oh". Parecía un poco sorprendida de verlos. "Ya están de vuelta".

Megan se precipitó hacia ella y se lanzó al regazo de su madre. "¡Tengo una tortuga, mamá, mira!". Se la lanzó a la cara.

Trudy se apartó instintivamente y la jarra de agua que tenía delante salió volando.

Philip se había desplomado sobre los cojines. Era impresionante la forma en que se retorcía hasta el borde para no mojarse, sin levantar la vista de su pantalla.

"¿Quieres que traiga una toalla?", preguntó Justin.

Megan gemía de placer, balanceándose sobre su madre, manteniendo los pies en alto. Trudy intentaba defender sus regiones más delicadas de los pies voladores. Le dedicó a Justin una mirada fulminante.

"Traeré una toalla", decidió por ella y giró sobre sus talones.

"Pregunta si han arreglado el agua caliente", llamó Trudy con desaprobación mientras él desaparecía por la escalera.

Fue a la planta baja y llamó: "Hola". Nadie respondió.

Se dirigió a la parte trasera de la propiedad, donde un antiguo marroquí apareció a la sombra de un pilar de mármol.

Justin preguntó si había alguien por allí. El hombre le miró sin comprender.

Pidió una toalla. Nada más que una mirada perdida.

Hizo la mímica de secarse las manos. El anciano le miró hasta que Justin se sintió ridículo. Derrotado, Justin subió las escaleras, un paso cansado cada vez.

Salió al tejado plano, donde sus ojos contemplaron las toallas blancas y mullidas extendidas sobre el agua derramada. La crisis estaba controlada. Justin miró a su alrededor.

Philip estaba hablando por teléfono.

Megan estaba tumbada en el suelo con Malik, intentando que su tortuga nadara en los últimos restos del charco. Cualquier crisis había desaparecido hace tiempo.

"¿Qué han dicho del agua caliente?", preguntó Trudy.

Tuvo que admitir para sí mismo que ella no parecía la más feliz que había visto nunca.

"No había nadie". Vio que su mandíbula se endurecía.

"¿No lo sabrá él?", señaló a Malik.

"Oye", dijo Justin, y el niño levantó la vista. "Sígueme".

Malik se puso en pie y Megan le siguió.

Justin les guió hasta el cuarto de baño. Malik y Megan se pararon respetuosamente mientras Justin les preguntaba por el funcionamiento del sistema de tuberías.

Era adorable cómo ambos niños escuchaban atentamente.

El chico porque quería, sobre todo, agradar a los divertidos ingleses, Megan porque copiaba fielmente a su compañerito. La hacía sentir muy mayor.

Y Justin lo intentó, realmente lo hizo.

Utilizó palabras y frases no técnicas desde el principio. Las redujo cada vez más hasta que se limitó a abrir el grifo de agua caliente y a repetir las palabras: "No está caliente. ¿Caldera?".

Megan entendió lo que decía. Ella no sabía por qué o dónde estaba la caldera. O incluso qué podría hacer una caldera. Pero se alegró de seguir esta conversación obviamente adulta. Megan asintió con seriedad.

El chico que estaba a su lado captó el movimiento; también asintió, repetidamente. "Sí", dijo.

Miró a Justin, se retorció las manos, sacudió la cabeza, asintió, dijo "Sí" varias veces y esperó.

Era un punto muerto. Justin también esperó; se miraron a los ojos.

Para alegría de Megan, el niño repitió su proceso.

Al final, Justin se dio cuenta de que él iba a ser el primero en quebrarse.

"De acuerdo". Se puso de pie. "¿Cuándo?", preguntó, golpeando un reloj imaginario.

"Sí", fue la respuesta.

No pudo soportarlo más. Se alejó y los dejó solos.

"¿Y bien?", preguntó Trudy.

Ella estaba de pie en medio del patio, mirándole a través de las oscuras persianas. El potente sol rozaba los tejados y la iluminaba perfectamente.

Justin estaba demasiado derrotado para mirar. Sabía que algo debía ir mal.

Se acercó.

"Dijo que lo arreglarían mientras estemos fuera".

"¿Salir?", dijo ella. "¿Adónde?".

"Contratemos un taxi y subamos a las montañas", sugirió.

Ella movió la nariz.

"¿O a la costa?".

Ella sonrió un poco. "Vale", dijo.

Pronto se encontraron con una pista dura que se dirigía a la costa del Atlántico. El conductor cobraría cuando llegaran. Luego, presumiblemente, se le pagaría de nuevo cuando los dejara de vuelta esta noche. Había sido un poco impreciso en los detalles, pero no importaba, estaban de camino a la playa, estaban de buen humor y el sol brillaba. Seguramente eso era lo que importaba.

Pronto los ánimos se agotaron. Un tiempo después, incluso Justin no estaba seguro de poder aguantar mucho más. Hacía tiempo que el silencio había descendido en el interior del vehículo de cocción; incluso Megan estaba apagada.

Justo cuando Justin se preguntaba quién de ellos rompería a llorar primero (no se había descartado a sí mismo), el conductor rompió el silencio.

"Allá", dijo, señalando hacia delante.

Ahí estaba, el océano.

En la cima de la siguiente colina, volvió a señalar y vieron una hermosa playa dorada que se extendía majestuosamente en ambas direcciones.

Las sonrisas comenzaron a aparecer en los rostros de los cuatro pasajeros. Nadie tenía fuerzas para entablar una conversación, pero sí que empezaron a animarse.

"Allá", volvió a decir el conductor. Esta parecía ser la palabra que utilizaba para todos los extranjeros, para explicar todas las cosas.

Aparcó, bajó del asiento del conductor, sacó las maletas del maletero y se quedó sonriendo como un abuelo indulgente mientras, uno a uno, sus pasajeros salían y admiraban la gloriosa playa que tenían delante.

Entonces estaba de pie ante Justin con la mano extendida.

"Allá", dijo, con cara de pocos amigos.

Justin pensaba que todas las personas que querían dinero parecían sospechosas. No le dio importancia.

"Sí, sí, por supuesto". Sacó su cartera y sacó la suma acordada. La mano del hombre se demoró un momento, así que agregó otro billete.

El conductor sonrió. Estrechó la mano de Justin

con entusiasmo, saludó a los demás individualmente, se puso al volante y se marchó.

Se quedaron mirando cómo se iba sonriendo.

Poco a poco, las sonrisas se fueron apagando. Al poco tiempo, todos se dieron cuenta, incluso Megan, de que habían sido abandonados en medio de la nada.

"Bueno, no en el medio, porque estamos junto al mar. En el borde de la nada entonces", concedió Justin en privado mientras miraba hacia Trudy.

"Bonita playa, ¿verdad?", sonrió.

Ella lo miró fijamente.

Le devolvió la mirada.

Un rizo suelto le pasó por la cara de forma extremadamente femenina. Era tan hermosa que sintió un impulso irrefrenable de besarla.

Decidió no hacerlo, al menos por el momento.

"¿Dónde están todos?", preguntó Philip, y le miraron fijamente como siempre que hablaba.

"¡Aquí están!", exclamó Megan con entusiasmo.

Todos se volvieron para mirar hacia donde ella señalaba y allí estaban.

Un hombre con una túnica completa seguido por niños.

Observaron cómo se acercaba el pequeño grupo, por lo que echaron de menos a otros que venían hacia ellos desde el otro extremo de la playa y a través de las dunas.

En pocos minutos, estaban rodeados. Un puñado de hombres adultos y al menos quince niños vestidos principalmente con camisetas Nike o Adidas o Disney.

Los hombres se apartaron mientras los niños rodeaban a Justin. Todos tenían las manos extendidas, esperando que les dieran dinero o caramelos o Dios sabe qué.

Justin se mantuvo firme mientras los niños parloteaban con él. Repetía en un inglés desvergonzado, "No tenemos nada". Sonreía, pero era obvio que era inflexible.

Los niños pronto se rindieron. Luego se pusieron a jugar correteándose con Megan como si se conocieran de toda la vida.

Finalmente, se presentó un hombre con un poco de inglés. "¿Le gusta nuestra playa?".

"Sí, mucho. Es muy bonita".

"¿Tienes comida?".

Justin giró la cabeza hacia Trudy.

"Algo", dijo ella.

"Comemos juntos", dijo el hombre.

Llamó a uno de los niños y le parloteó en árabe. El niño salió corriendo.

Regresó media hora después con más hombres, otro pequeño ejército de niños y un tambor de acero. Se preparó el pescado y se encendió el fuego.

El tambor se convirtió en una parrilla; se añadieron tomates y cebollas gigantes.

Cenaron viendo cómo el sol africano se adentraba en el mar. Era realmente idílico, incluso romántico.

Trudy se sentó en la alfombra provista y observó a sus hijos.

Pudo ver a Philip un poco más adelante en la playa. Estaba escondido bajo la capucha, absorto en su teléfono, así que estaba bien.

Vio a Megan subiendo a toda velocidad una duna de arena con un ejército de niños. Todos gritaban y reían, así que estaba bien.

Miró a Justin y tuvo que admitir que esto era agradable.

Él la miró y ella se dignó a lanzarle una sonrisa.

Justin intentaba pensar en algo romántico que decir cuando el inglés apareció a su lado. Le explicó que, por un precio razonable, se podían hacer arreglos para dormir, y que alguien los llevaría de vuelta a Marrakech mañana.

"¿Hachís?", preguntó Justin.

Se añadió un poco de hachís y se acordó el trato.

Al caer la noche, se levantó un gigantesco dosel beduino sobre la arena. Se había encendido un fuego y el cielo contenía mil estrellas. Trudy se acurrucó junto a Justin frente a las llamas.

"Esto es realmente muy romántico", pensó.
"No se puede luchar contra el destino", pensó.

CAPÍTULO VEINTIOCHO

Justin se despertó con el sonido de las risas de los niños.

También tiraban de su manta. Los ahuyentó con un gruñido. Se estiró y vio a Trudy más adelante en la playa mirando al mar. Estaba tomando un té de menta. Preparó un porro y fue a reunirse con ella. Le sirvieron el té y, antes de que se lo acabara a medias, la angloparlante apareció de la nada y llegó al lado de Justin.

"Mi primo puede llevarte de vuelta", dijo.

"Genial".

Trudy sonrió.

"Pero todavía no".

La sonrisa abandonó su rostro.

"¿Cuándo?", preguntó Justin.

"Cuando él está conduciendo el autobús

turístico. Podemos ir a encontrarlo. Él te llevará. Estará en Marrakech esta noche".

"De acuerdo", dijo Trudy, y ambos la miraron, esperando que se explayara. "Podemos pasar un día aquí". Ella estaba bastante contenta. "Un día en la playa", añadió.

"Sí", aceptó Justin.

Megan estaba en su elemento, corriendo libre con un grupo de niños; Philip se contentaba con vivir en el mundo virtual que llevaba consigo. Nunca era difícil de complacer. Trudy se tumbó en la arena tomando el sol, relajándose mientras Justin se sentaba a su lado como un cachorro enamorado. Se bañaron juntos un par de veces en el mar, y los lugareños les proporcionaron más comida.

Fue un día memorable, pero cuando el sol se ocultó en el cielo, Trudy, en particular, estaba lista para irse.

Dos horas más tarde, se fueron de verdad.

El conductor les hizo esperar, pero cuando finalmente apareció, les tranquilizó. El coche era nuevo, limpio y ordenado, y una vez que se pusieron en marcha, el hombre demostró ser esa cosa rara en Marruecos, un conductor seguro.

"Tomaremos la carretera que cruza las montañas del Atlas", les dijo. "Veremos las luces de Marrakech en tres horas".

Megan había tenido un día agitado. Intentó conciliar el sueño, pero con el movimiento añadido de las ruedas, pronto se quedó sin fuerzas, y la paz cayó sobre todos ellos.

Una hora más tarde, llegaron a un control policial.

Todos salieron envueltos del vehículo. En cuanto entró en contacto con el frío aire de la montaña, Megan se despertó de par en par y se puso a gritar.

Justin pensó que la policía parecía estar a punto de golpearla para someterla en un momento dado.

El conductor del coche fue tratado con extrema suspicacia. Era casi como si la policía lo conociera.

Entonces, el supuesto padre del niño que gritaba fue señalado para ser interrogado.

"¿A dónde vas?".

"Marrakech".

"¿Dónde has estado?".

"En la costa, no sé el nombre del lugar. Él te lo dirá". Señaló a su conductor.

El policía se quedó mirando en un silencio sospechoso durante un momento.

Justin se sintió profundamente preocupado de que encontraran el bulto de droga que había escondido en su zapato.

"Muéstrame tu bolsa".

Afortunadamente, la policía se conformó con vaciar su bolsa y cachearle.

"¿Quieres ir?", le preguntaron a Justin.

Asintió esperanzado.

"Cien dirhams", dijo el policía en un inglés muy acentuado. Era como si supiera que pasaba algo, pero no se molestó en hacer un registro exhaustivo.

Los niveles de estrés de Justin estaban fuera de escala; pagó con gusto.

"Dios, necesito un porro", pensó.

Se les permitió continuar su viaje.

Megan les hizo escuchar una canción sin sentido sobre los camellos. Tenía cincuenta y siete versos muy parecidos.

CAPÍTULO VEINTINUEVE

Era el último día de las vacaciones.

Después de desayunar en la terraza, dieron un último paseo por la plaza, tomando fotos, ojeando los artículos en venta, fingiendo que eran normales.

"Mira", dijo Megan, "¡serpientes! Veamos las serpientes".

Nadie se movía lo suficientemente rápido para su gusto, así que agarró la mano de su madre y empezó a arrastrarla. "Vamos, mamá".

Más receloso que curioso de las cobras, Justin las siguió pero se mantuvo firmemente en un segundo plano.

"¿Por qué están aquí, mamá?".

"Para que la gente se haga una foto con ellas".

"Oh". Parecía satisfecha con la respuesta.

"¿Quieres una foto con la pitón?", preguntó Justin.

"Sí, por favor", respondió, demasiado rápido para el gusto de su madre.

"¿Estás segura, querida? Pueden morder".

"No, no señora, no hay mordida", aseguró el hombre serpiente que se había acercado a ellos y que escuchaba atentamente.

"¿No muerden?", preguntó Megan.

"No, señorita".

Trudy lanzó a Justin una mirada, que él malinterpretó completamente. *"Ahora mira lo que has hecho"*, dijo.

Lo leyó como *"¿Qué ocurre con Philip?"*.

"¿Y si tu hermano va primero?", propuso Justin.

Megan asintió con entusiasmo a la sugerencia. Se puso detrás de su hermano y empezó a empujarle hacia delante.

"Quítate", refunfuñó, pero había recorrido la corta distancia sin darse cuenta de lo que pasaba. Ahora estaba en el lugar, en posición.

"¿Vas a enseñarle a tu hermana cómo se hace?", preguntó Justin.

"¿Cómo se hace qué?".

Había estado con su teléfono. No había seguido la conversación, ni siquiera se había dado cuenta de las serpientes. Estaba intentando desesperadamente ponerse al día.

En ese momento, le colgaron una pitón al cuello.

Era un animal grande y pesado.

El adolescente no esperaba encontrarse de repente con una serpiente gigante. Se tambaleó ligeramente, dio un par de pasos hacia atrás e hizo una especie de baile divertido. Quería apartar a la criatura, pero no tenía ni idea de cuál era el protocolo correcto. No quería ser mordido, algo que le preocupaba de verdad porque la lengua buscadora de la serpiente prácticamente le estaba lamiendo el ojo. La expresión de su cara al intentar mirar algo tan cercano era impagable, única, la locura de ojos de insecto de alguien que desearía poder huir de una parte de sí mismo.

Nunca debió acercarse tanto a la cobra que había en el suelo. Pero no se le podía responsabilizar; no sabía que estaba allí. Naturalmente, el animal reaccionó para protegerse.

Philip gritó, "¡Me han mordido!".

"No", le tranquilizó el dueño de la serpiente.

"Hay sangre en mi pierna".

"No".

"Tiene sangre en la pierna, le han envenenado", insistió Trudy, sonando un poco frenética.

"No hay sangre, no hay veneno", dijo el tipo de la serpiente, negando la existencia de la sangre que todos podían ver, poniendo así en duda si debían creerle sobre el veneno.

"He leído en alguna parte que les quitan el veneno", ofreció Justin, tratando de ser útil.

"¿Va a morir?", preguntó Megan.

"¿Dónde has leído eso?" Trudy quería saber.

"Er", se sintió presionado, "no recuerdo, en algún lugar".

"Bueno, eso es un montón de mierda", siseó.

"¿Llevémoslo al hospital?" sugirió Justin, sintiéndose un poco incomprendido.

Afortunadamente, había taxis aparcados en la plaza, por lo que llegar al hospital fue una operación sencilla. Una vez allí, les atendieron casi inmediatamente. Fue una experiencia profesional que tranquilizó mucho a Trudy.

El médico le aseguró que a las serpientes de la plaza se les quitaba el saco de veneno. Así que Philip necesitaba una limpieza, una vacuna contra el tétanos y ya estaba listo.

Todavía llegarían para tomar su vuelo.

CAPÍTULO TREINTA

De vuelta en la terraza, Justin estaba sentado en la mesa de hierro preparándose un porro. Ya había metido sus pocas pertenencias en su bolsa y esperaba que los demás terminaran de empacar. Intentaba fumar toda su droga. No quería dejar nada atrás; se sentiría como una especie de mini derrota. Así que había grandes nubes de humo flotando perezosamente sobre su cabeza. Era como un hombre poseído, haciendo porros antes incluso de terminar el que estaba fumando.

En su habitación, Trudy se preparó. Fijó una sonrisa en su sitio y atravesó la puerta de la terraza. Justin levantó la vista inmediatamente y sonrió cuando ella se acercó.

"¿Ya hemos terminado?".

"Casi", dijo ella y dio la vuelta a la mesa hasta quedar frente a él.

Se inclinó hacia delante, apoyó las manos en el respaldo de una silla y luego, cambiando de opinión, se puso de pie y se cruzó de brazos. Parecía un poco tensa.

"¿Estás bien?", preguntó Justin.

"Bien", dijo ella.

Y aceptó su respuesta al pie de la letra.

Miró hacia abajo. Comenzó a pegar algunos papeles de rizla.

Trudy volvió a inclinarse hacia delante, haciendo que él levantara la vista.

"La cosa es", dijo, "que no hay una manera fácil de decir esto".

"¿Qué?", interrumpió.

"Bueno, si me dejas terminar, te lo diré".

"¿Decirme qué?".

"Quiero que cojas otro vuelo". Ella soltó las palabras y le quitó el porro al mismo tiempo.

La observó dar unas cuantas caladas mientras su cerebro daba un salto mortal dentro de su cráneo.

"¿Qué?", pareció sorprendido.

"Te has enterado".

"¿De qué?".

"Ya sabes de qué".

"No".

Ella estaba ante él, con un aspecto increíble, fumando su droga. Estaba esperando a que él aceptara. Le devolvió el porro y él lo tomó, aturdido en silencio.

"¿Y bien?", preguntó ella.

"¿Estás bromeando?", quiso comprobarlo.

"No".

"¿Hablas en serio?".

"Sí, hablo en serio. Te agradecería mucho que lo hicieras porque es importante para mí".

"Seguro que no está diciendo que no quiere estar en el mismo avión que yo", pensó.

"Hay otros vuelos a Londres", añadió.

"Sí, hay, er, ok, supongo que sí".

Y ahí estaba su pequeña media sonrisa de nuevo.

"Pensé que teníamos algo especial", dijo Justin.

Ella se había dado la vuelta, pero se detuvo y se volvió cuando él habló. Lo miró de arriba abajo. "No lo tenemos", dijo.

"Pero sólo estoy empezando a conocerte, a descubrir tus profundidades ocultas", insistió.

"No hay profundidades ocultas en ti", respondió ella.

Ella le hacía sentir, no exactamente ofendido, sino como si debiera estarlo.

"¿Qué hay de malo en eso?", quiso saber.

Trudy suspiró. "No quieres saberlo".

"Lo quiero". En realidad no lo quería; sólo estaba prolongando su salida.

"Nada, supongo", hizo una pausa. "Siempre que tus atributos sean dignos y desinteresados".

El silencio se hizo incómodo. Como si se esperara que respondiera, pero no obtuvo nada.

"¿Acaba de llamarme egoísta?". No estaba absolutamente seguro, pero le sonó así.

Trudy habló, "Los tuyos no lo son. Tus atributos, no son dignos".

"O desinteresado". Sí, gracias, lo entiendo. "Finalmente, estaba mostrando una emoción genuina"; sonaba herido.

"Justin eres la única persona que conozco que es exactamente lo que aparenta ser".

Se animó un poco. "Gracias", dijo, "eso significa mucho para mí".

"¡No es un cumplido, es insoportable!".

"¿Qué?", estaba confundido de nuevo.

"Esto es una especie de broma", pensó. "Se ha *vuelto loca".*

Parecía avergonzada. No pudo captar su atención.

"Funcionamos mejor en Londres, ¿no?" dijo. "Todo irá bien cuando volvamos, ¿eh?", estaba sonriendo.

Trudy suspiró. *"Realmente no tiene ni idea",* se dio cuenta.

"Mira", dijo, "no te lo tomes como algo personal, pero representas todo lo que odio en la vida".

"No te lo tomes como algo personal", pensó. *"Ouch"*.

"Oh", dijo.

Ahora se tambaleaba. La realidad podía ser dura cuando se estrellaba contra ti con gran fuerza.

"Así que nos separaremos", su cerebro aturdido tenía un verdadero problema para analizar tanta información inesperada.

Trudy le miró de arriba abajo negando con la cabeza. "Ya no eres un niño", le dijo. "Madura".

"¿Cuál es su problema?", se sintió ofendido por ese último comentario.

"Entonces, ¿nos separaremos?", preguntó de nuevo.

"Así es", lo dijo ella con bastante calma, considerando todas las cosas, pensó él. "Y si alguna vez intentas contactar conmigo, te pondré una orden de alejamiento", añadió.

"Oh", dijo, abandonando al instante su plan de dejar pasar una semana antes de llamarla.

No parecía haber nada que añadir. Pero el silencio incomodaba a Justin, era incómodo, tenía que decir algo antes de que ella desapareciera.

"Que tengas una buena vida".

"Eh", respondió ella, dándose la vuelta.

CAPÍTULO TREINTA Y UNO

Justin miraba la calle desde la azotea con un gordo porro en la boca.

Pudo ver a Trudy abajo llevando la maleta. Megan iba un par de pasos por detrás arrastrando su conejito por las orejas, y Philip iba por detrás, absorto en su teléfono. Ninguno de ellos levantó la vista.

Los vio subir a un taxi y alejarse.

"No sé en qué me he equivocado", reflexionó. *"Pero al menos puedo mirarme al espejo y decir que lo he intentado, que lo he intentado de verdad".*

Lanzó su colilla por los tejados y se sentó a hacer otro porro.

Su vuelo no salía hasta medianoche. Había comprado otro gran trozo de hachís y estaba decidido a fumarlo, asegurándose así de llegar al avión drogado.

"Las chicas son raras", pensó para sí mismo. *"No hay nada que pueda hacer al respecto; no hay nada que nadie pueda hacer. No es culpa de nadie, sólo una de esas cosas como la nieve en verano o la lluvia cuando menos la necesitas".*

Trudy se sentó en la parte trasera del taxi. Sintió que se le quitaba un gran peso de encima. Las arrugas de su rostro desaparecieron, el surco de su frente se suavizó cuanto más lejos estaba de Justin.

"Será maravilloso llegar a casa, ¿verdad?", reflexionó en voz alta.

Se preguntó si debía disculparse y pedir perdón por haber sometido a ambos a una experiencia tan traumática.

Y si algo bueno iba a salir de este desastre, iba a ser que a partir de ahora estaba decidida a ser mejor madre.

"No quiero ir a casa. Quiero quedarme", dijo Megan.

"Disculpa", se sorprendió su madre al escuchar eso.

"Me encanta Marruecos", añadió Megan. "No quiero irme nunca".

Trudy la miró fijamente, atónita.

"Vaya", dijo ella.

"Detenga el coche", Megan estaba repartiendo órdenes de repente.

"No, no, sssh. El hombre nos está llevando al aeropuerto".

"¿No podemos quedarnos aquí?".

"No, querida, siento que no podamos. Pero quizás podamos volver algún día. ¿Estaría bien?".

"Me encanta este lugar", respondió Megan.

"Es encantador, querida, me alegro".

"Algún día volveremos", respondió Megan con alegría.

"¿Philip?", Trudy se interesó por la opinión de su hijo.

Él no respondió. Tuvo que tirarle de la manga para llamar su atención. Se quitó los auriculares ocultos por la capucha.

"¿Qué?", preguntó.

"Siento que haya sido un desastre", dijo.

"¿Eh, qué?".

"Ya sabes, el viaje, Justin, todo el asunto".

"¿Quién es Justin?", respondió.

FIN

Querido lector,

Esperamos que hayas disfrutado leyendo *Triunfar o Morir en Marrakesh.* Tómese un momento para dejar una reseña, incluso si es breve. Tu opinión es importante para nosotros.

Atentamente,

Ian Parson y el equipo de Next Chapter

ACERCA DEL AUTOR

Ian Parson nació en Plymouth. Ha viajado mucho y ha vivido en Londres, España y Grecia. Su primera novela *A Secret Step* (Copperjob) se publicó en 2013. En 2014 aportó el capítulo inicial de *The Little Book of Jack the Ripper* (HistoryPress).

Su segunda novela *The East End Beckons* (Linkville) se publicó en 2015.

Ambas novelas fueron aclamadas por la crítica.

En 2016 aportó el capítulo inicial de *Un año nuevo en* Linkville (Linkville).

Su tercera novela *The Grind* (Next Chapter) se publicó en 2019.

Ha publicado numerosos artículos en España y el Reino Unido.

Ian está muy interesado en la historia de Londres y es miembro activo de la Whitechapel Society y la Orwell Society.

Triunfar O Morir En Marrakech
ISBN: 978-4-86752-379-7
Edición de Letra Grande en Tapa dura

Publicado por
Next Chapter
1-60-20 Minami-Otsuka
170-0005 Toshima-Ku, Tokyo
+818035793528

27 Julio 2021

Lightning Source UK Ltd.
Milton Keynes UK
UKHW010749110821
388656UK00001B/145